后花园诗丛

THE BEYONDNESS YOU HAND ME

你交给我一个远方

远人 / 著

南方出版传媒
花城出版社
中国·广州

图书在版编目（CIP）数据

你交给我一个远方 / 远人著. -- 广州 : 花城出版社，2015.4（2015.5重印）
（后花园诗丛）
ISBN 978-7-5360-7481-1

Ⅰ. ①你… Ⅱ. ①远… Ⅲ. ①诗集－中国－当代 Ⅳ. ①I227

中国版本图书馆CIP数据核字(2015)第067016号

出 版 人：詹秀敏
策划编辑：王　凯
责任编辑：王　凯　张　懿　张　旬
技术编辑：薛伟民　凌春梅

书　　名　你交给我一个远方
NI JIAOGEI WO YIGE YUANFANG
出版发行　花城出版社
（广州市环市东路水荫路 11 号）
经　　销　全国新华书店
印　　刷　广东新华印刷有限公司
（广东省佛山市南海区盐步河东中心路 23 号）
开　　本　889 毫米 × 1194 毫米　24 开
印　　张　10.25　6 插页
字　　数　150,000 字
版　　次　2015 年 4 月第 1 版　2015 年 5 月第 2 次印刷
定　　价　36.00 元

《后花园诗丛》总序

中国新诗自上世纪三四十年代进入现代主义创作后，历经几代人的开拓，尤其到八十年代，以北岛、舒婷领衔的“朦胧诗”横空出世，中国当代诗歌的面貌彻底摆脱“五四”以来的半文半白腔调。特别从第三代诗人开始，汉语诗歌步入既突飞猛进，又四分五裂的探索期。从九十年代至今，汉语诗歌在一方面获得发展空间的同时，一方面又陷入到话语霸权的左右时期。但对诗歌来说，其内在的要求倒还不是依靠某种话语权来确立，诗歌的要求是内在的沉淀和诗人本身的沉静。在时代的喧嚣中，沉淀与沉静或许才是今天汉诗所需求的第一推动。

毋庸置疑，即便二者构成了第一推动，也不意味就能解决汉诗面临的所有问题。诗歌毕竟是文本的体现。现代诗发展至今，不仅汉语诗歌，甚至世界诗歌，都对诗歌提出了极为严苛的要求，就目前来说，表达的客观化、抒情的深度化、语言的真挚化、细节的新颖化等等，都将成为当代诗歌的核心构成元素。特别在今天的汉语诗歌中，流于口水的粗制滥造之作虽能赢得一部分眼球，但从长远来看，诗歌本身会做出自己严肃的取舍。我们相信，汉语诗歌的最终确立，将取决于部分诗人对诗歌本身的精益求精和全力以赴。只是，在众生喧哗的当下，很难要求每一个读者以专注的眼光来面对耳乱七音的当代诗坛。尤其在整个文学都被边缘化的物质化社会里，作为文学的王者——诗歌已被放逐。从深处看，诗歌的边缘化甚至不仅仅是我们面临的文学事件，它还是一种道德上的沦丧标志。绝非危言耸听的是，诗歌的放逐是国家或者是这个社会灵魂的缺失。一种火种保护行为促使我们推出“后花园诗丛”。在很大程度上，诗歌在文坛的边缘化已经使诗歌成为鲜有人光顾的“后花园”，但用诺贝尔文学奖获得者、拉美诗人帕斯的话来说，诗歌读者又永远会是“无限的少数”。我们等待或者面对的就是这些无限少数。对他们来说，只要进入，将发现其中的惊喜和汉语的表达之美。与此同时，它还意味一种被种种原因所遮蔽的文本开始获得化茧成蝶的突破。

我们希望，通过我们和诗人们的共同努力，将“后花园诗丛”打造成汉语诗坛最令读者期待、也最令诗人们信仰的品牌。

目录 | CONTENTS

辑二　简单和缓慢

辑三　纪念

辑四　在树下

自序

源于经验的表达和呈现

对出生于1970年代的我和我这一代的汉语诗作者来说，步入诗歌之时，恰巧是目睹朦胧诗的耀眼辉煌和接踵陨落之际。北岛舒婷们的作品，直接构成我们这代人的阅读经验和成长经验。在今天，我们或许能说，这一经验既是幸运也是不幸。说幸运，是这代人的阅读在上世纪八十年代的诗歌激变中，亲眼看到汉语诗歌是如何步入现代走向的；不幸的是，朦胧诗一代的成熟欠缺又让跟随者不可能得到最完满的营养吸纳。但幸运也好，不幸也好，都不足以构成这代诗写者赖以逃避的理由和无端自负的借口。

在今天，我们可以平心静气地回顾这代人的写作之路。需要承认，朦胧诗的短暂辉煌给予了后来诗人们无可替代的诗学启蒙，但随着九十年代的诗坛动荡，这代人又亲历到复杂的、一言难尽的、明显是文本之外的种种现实性面对——从第三代开始至今的诗歌写作，进入到四分五裂的话语权争夺时代。这一现实导致文本不再是唯一可资鉴定的标准，圈子化和江湖化已成为诗坛乃至文坛最不可救药的鄙陋之处。当网络风行，不计其数的写作者忽然发现，只要在网络或论坛写下分行文字，就能成为一个诗人。似乎一夜之间，诗歌成为最无难度的写作文体，甚至没有任何深度阅读与写作经验之人，只要有足够的聪明，就能灵机一动地将文字进行诗歌样的分行排列。换言之，有文学桂冠之称的诗歌反倒在今天变成低过所有文体的写作形式。但这样的消费性写作却从根本上忽略了一点，那就是诗歌之所以是诗歌，恰恰在于诗歌超越各种文体所建立的位置是通过其难度建立的。

说诗歌有难度，也就是说，诗歌是有门槛的。这一最不需要说明的事实却恰恰变成今天汉语诗歌最需要来说明的一个问题。这道门槛迈不过去，诗歌就只能对诗写者自身发生简单的自娱功效；迈过去，才能证明诗人不仅对诗歌文体，而且对诗歌本身所彰显的价值不再停留在简单的自我抒发上面，还能对一个时代的种种，有着主动的承担意识。

诗歌要承担时代的什么，不是哪个个人说了算，但起码一点，有承担的诗歌一定是有难度的诗歌。就写作而言，难度未尝不是深度的另一种说法。理解诗歌的难度，我们才能理解希尼确认的“诗艺具有自身的权威性”究是何意。只是，消解权威和蔑弃权威恰恰又是今天汉诗摆不脱的一个痼疾。从大的方面来说，诗歌本身的边缘化使诗写者对其权威产生不由自主的抵触；从小的方面来说，作为个体的诗人也不乏急功近利者在将诗歌破坏成轻盈和琐碎。

就古今中外的诗歌来看，轻盈和琐碎不见得都是坏事。但对成长期的汉诗来说，将二者变成机械化和模式化的追求，不会对诗歌形成有效推动，至少它难以将诗人们面对的自身和自身所处的时代环境形成更深刻的批判与洞察。布罗茨基曾说“用口语写诗是荒谬的”，这句话我并不苟同，但我能体会，他这么说的目的，是对诗人，也是对自己提出更高和更严酷的要求。诗歌并非轻易就能完成，它体现在诗人对语言的掌控和技艺的锤炼是否完善，最核心的，是对诗歌本身的认识能否对称于我们对生活本身的认识。如果说，小说更多在虚构层面创建了生活，散文更多在还原层面复述了生活，那么诗歌则应更多在生活的肌骨层面上，呈现出更丰富和更内在的体验表达。

说诗歌是体验已不是什么新鲜话，打开诗歌史我们就能发现，越是大师级的诗人，就越是一代代在提出和实践这一主题。之所以如此，一方面在于体验一说，驱使诗人进入到自我深处之后，有效贯穿了从个人到他者的某种共通性生活/精神现场；另一方面，每代人的生活塑造了每代人的体验，因而每代人就必然有不一样的现场表达。不能说流行至今的口语就没有表现出现场，但表现出现场，绝非就等于表现了诗歌所要求的写作难度。诗歌中的现场至少可分两类，一类是外露于形的平面现场，另一类是内敛于心的经验现场。在平面现场中，诗写者几乎都在迫不及待地将短暂的、肤浅的、无法在自身进一步深入的感受进行自我陶醉似的卖弄摹写。但诗歌从来不是靠卖弄取胜，套用昆德拉的说法，诗歌本身一直在要求属于"诗歌的智慧"。

智慧当然不等于经验，但走向智慧，却又必须穿越经验。因而经验的重要性在诗歌写作中就占据一个极为重要的位置。这个位置对诗歌来说，是诗歌得以证明自身的存在；对诗写者来说，这一存在却又必须是付出对现实的体认之后，以全部精力和全部忠实，发动有的放矢的攻击，才有可能逼其在作品中闪现并停留下来的存在。对诗写者而言，最为有效的攻击武器，莫过于以全神贯注的召唤来唤起自身全部的阅读经验、写作经验、感受经验、生活经验、对世界的认识经验等等。因而获取经验，是诗歌所要求的一个必然前提。这个前提越充分，诗歌才越有坚实的内核和质地。坚实感从来就是诗歌不变的标准之一，也是"一个清晰诗节承载的重量/胜过精致散文的整套马车"（米沃什）的内因所在。

说诗歌语言胜过散文语言，也就是说诗歌语言要比——也应比散文语言拥有更浓缩的精炼。不是说散文语言就允许松弛，和诗歌相比，后者总是在对语言提出更严格甚至更苛刻的要求。至少，在对终点的抵达上，诗歌被要求有更快速的奔跑。但快速并非表面的浮光掠影，恰好相反，在对语言提出速度要求的同时，诗歌又在提出更进一步的沉淀要求，沉淀又在提出对细节的要求，细节又提出对精确的要求，精确却又在为自己提出缓慢的要求。就此来看，诗歌语言在表面循环中就变成一个悖论。既要快，又要慢。但实际上，诗歌每提出一个要求，也就是在提出一个维度。维度是并行的，所以诗歌语言对什么应该卸除，什么应该扛负，就必然有一种外松内紧的运动方向。它引导诗人的作品构成，更引导诗人将经验打开之后，完成文本上的成熟表达。

作为一种文学体裁，诗歌和其他文体的共性之一，就在于它的确是一种表达。我们总听到人说，诗歌不过是青春期的发泄产物，人过中年之后，继续写诗便为荒谬之举。但实际上，说出这句话的人，即使尝试过分行写作，也始终是对诗歌本身及其功能最缺乏了解的外行之人。青春的激情和冲动的确容易导致诗歌的出现，但这时出现的诗歌往往是浮泛的、空洞的、容量稀窄的浅抒情之作。反观一个成熟诗人的作品，无不在表露诗人对人生的全部感悟和认识。尽管这时的表达同样会依附或借助于抒情，但此时的抒情不再是为了完成诗写者个人小情绪、小感受的有病或无病之呻吟，而是通过抒情表面，更有效地撕开包裹生活与世界的重重外衣，透射出诗写者面向终极或“永恒主题”的打量、沉思乃至掘进，从而使诗歌到达一个更宽广的感受空间和一个更悲悯的现实场域。因而步入中年后的抒情之作，展现的是诗人对生活与世界的完整看法，或者说它就是诗人对命运的自发性表达与揭露。

因此，究竟该怎样写作一首诗歌，不如置换成我们究竟该怎样面对一首诗歌。从文本上看，总是一个“我”在诗歌中说话。诗中之“我”，也是最易唤起我们认同甚至愿意与之进行位置交换的“我”。愿意交换位置，就意味我们和那个诗中之“我”取得了心心相印的感受。只是，仅心心相印显然不够，因为心心相印还内涵位置的对等。作为“难以言说的存在”，诗歌始终高于作为读者时的我们。我始终相信，没有哪个严肃的诗人不在与诗歌心心相印的同时又充满一种身不由己的仰望。这样的诗人一旦开始写作，就必然会感受诗歌从高处施予的压力——时而是人，时而是物，时而是大自然和生活本身。作为诗写者，要做的就是将这些一一呈现。从世界诗歌史来看，呈现也始终是诗歌所确立并影响到其他各类文体的伟大标准。“明月松间照，清泉石上流”。王维笔下的呈现，不仅是攀越到世界诗歌巅峰的唐诗所建立的标准之一，也是一代代诗人所继承的标准之一。庞德从我国古典诗歌中发现了它，他告诉了意象派，意象派又告诉了二十世纪的所有流派——惟其达到呈现，才有可能达到诗歌所要求的形象出场。有形象，诗歌才有表达上的清晰、准确乃至澄明。尽管一些大师在晚期取消了形象，但取消形象，不等于抛弃形象，而是走到诗歌巅峰的大师们将整个精神化成了形象。

今天汉诗所面对的，恰恰是精神的苍白和无力。没必要否认，我们处在一个侈谈精神的时代。人的浮躁和人的信仰崩塌，使不少诗人在语言的自觉上，在信仰重建与诗歌的关系构成上，缺少主动性思考，也就难以在自我表达中进行超越。诗人最终能不能实现超越，取决于诗人对现实的关注，取决于诗人对事物本原的存在关注。二者驱使诗人在道德承担和美学愉悦之间取得平衡，也驱使诗人摆脱种种人为的喧哗与骚动，位移到自身的独立。它也恰好吻合了希尼对当代诗歌所下的定义，“诗歌是在将要发生的事和我们希望发生的事之间的裂缝中注意到的一个空间，其作用不是分神，而是纯粹的集中，它把我们的注意力重新集中到我们自己身上”。

集中到我们自己身上，就意味诗歌的外延不论多么广阔，也始终不会放松对我们的紧迫压力，压力越大，就越对诗人的心智是否成熟形成一种考验，换言之，诗歌从来就是考验。拒绝考验的，其诗歌必然堕落成闲暇时的游戏和玩具；接受考验的，会让写作者无可回避地追问：我为什么这样写作？我为什么会写出这样的诗歌？

问题听起来简单，但简单之外，可以让写作诗歌的人，始终拒绝玷污作品的轻佻。或许，拒绝轻佻，是读者发现作品是否蕴涵诗意与思想的途径，也是一个诗写者最终有没有资格成为一个诗人的标志。

远 人

2014年12月30日夜

辑一

陌生人

抒　情

我没有惊动你。我在你身后站着。壁灯的光线
在你肩膀上压下，你的肩膀还可以轻微地抖动

像你手上的报纸，不受字迹的压迫。你随意
翻阅着它——这不是好极了吗？房间里

再没有其他的声音。你也不觉得我就在你身后
而我的确在你身后，但我忍住了什么，不让自己

在你身后发出声音，甚至呼吸——噢！我大概
就是在等待一次呼吸。在它的诞生里，我会让眼睛

在眼窝里埋得更深。像一条船，在早晨的水里
划出去，船下那么多水纹荡开了，但什么也没惊动

2008 年 3 月 15 日夜

反　抗

父亲留下我
从房间里出去
门关上了
没发出任何声音

于是我成为
被窗子框住的人
被镜子敲诈的人
被桌子和衣帽钩
不断恐吓的人

于是我设法
让语言开始尖叫
直到墙上的玻璃
突然迸飞出碎片

2007 年 8 月 14 日凌晨

看完一部电影回家

在陡峭的悬崖中央，那个腰上
系着绳子的间谍，完成他的最后一击。
顶峰上没有树，鹰鹫不屑飞来。

但还有什么继续磨损，
不发出任何一点声音。
像这里每一张椅子，都慢慢变旧。

但此刻，他们心情愉快，
比画着一两个细节，以此回应
那个丈夫肩上扛着的儿子。

小家伙把手伸进了树叶，
——那就是激动人心的瞬间。
他的臀部稍稍离开父亲的肩膀。

仿佛月亮持续升高，为了显示
高于星球的梦想。我会祝福他，
要他用力，要他努力地再抓一把！

2003 年 3 月 25 日

两条废弃的铁轨

在旷野，火车暂时停了下来
车窗外面，有两条废弃的铁轨
灰色的枕木托着它，纸屑落在其间
又随风飞起，石缝间有枯草生长

一切如此自然，这两条没有用的铁轨
仍是伸到远处，拐着半圆形的弯
我不知道它究竟要到哪里，当它
在旷野没入，我感到一切是如此孤单

2008 年 8 月 11 日

巷子·蝙蝠

——童年纪事

围墙什么也没有围住
当黄昏来临，巷子变长了
分岔口的水井也渐渐激动
孩子们把它围住，三五成群

他们手中的瓶子一个个
吊入井中，“咕咚”的声响
把水底的天空破开，但是天空
没有逃开井壁，逃开的只是蝙蝠

它们忽上忽下，一只接一只
把黄昏一块块割开，又一块块
贴到树顶和墙上，直到天黑下来
它们的翅膀才一下子消失

甚至墙也跟着消失——那时候
黑暗好像永远不会降临到我心里
不管我怎样认为自己已经长大
星星如在今天，沿着屋顶飘走

2008年7月27日夜

慢慢就会认识

1

很多年前，我还住在车站附近的，一个红砖
楼房的时候，我总是听到，使低矮的木制阁楼
产生晃动的声响。我在半夜醒来，我总是猜想

那是什么？它通过了一条什么样的隧道？
它发现我的猜想时笑出了几声，又很快，捂住了
嘴巴，这使我找不到它藏身的地方。它躲在哪？

我的床垫就铺在阁楼的地板上。当我
翻身的时候，柔软的棉花，会发出我在
白天听不到的叹息。我只在夜里听到，但也

不是每晚。那时，我盼望我在每晚，都能梦见
一段癫狂、神秘的冒险经历。整个世界，都在
这经历里摇晃。可到现在，世界还是原来的样子。

2

我什么都献了出来，不管它是卑微还是宝贵。
很多年前，我以为我带有某种使命，现在我明白

它比卑微还要渺小。它只像一个，在黑暗里打开

又合上的眼睑，它够不上一颗星辰，和另一颗
星辰的距离。它如果继续引诱，那绝对不是上帝
而是魔鬼，递来一把自杀性的刀子，在每天

早晨的光线中，闪动硬邦邦的锋芒。两条铁轨，
我现在想到的是它，我那时每天在上面游逛。枕木上，
掉有一些硬币和糖纸，我捡起来，感到非常的快乐。

2003年3月19日凌晨

结束的钢琴之夜

没有人回头，没有人寻找
音符散尽的黑夜，已把钢琴送到梦里
没有人再去伸手，没有人再去挽留
乐队已经散去，到自己身体里静止

当我从中退出，空荡的乐池
声音已经合上，我应当怎样理解
应当怎样说出，深夜徘徊的人
都是被自己赶到外面——

有人拾起一段记忆，有人嗅到
某种花香，风在集合的地方
世界的灰尘退守，空出的地带
只给音符跳舞，只给少数人

沉默。他们回家
或浸入更大的黑夜，他们不认识
却会无缘无故地交谈，像高空的黑雪
会无缘无故地落在纸上

我也会突然想起一些朋友
活着与死去的，都在奇异地走动

他们的声音，在连续后中止
他们消失的脸，会冷不防凸现

更长的时间里，我停步，一个人回头
什么样的声音，会从高空开始
更多的生命隐藏，我听到那里的呼吸
风一样掠过脸庞，无影无踪地消逝

而谁也不会注意那张躲在黑暗里的脸
我已不含任何目的的慢行，被黑暗包围
很难相信一段音乐能把一切结束
又在结束里把另外的一切推到开始

1998 年 2 月—7 月

德·昆西在1859年的一段自白[①]

所有的白天都要结束了，我不知道
我为什么还醒着。我血管里的邪恶
又在要求六厘的鸦片。它的喉咙
是我双手卡不住的地方。

现在我唯一渴望的，是能够抹去
早年的记忆。玛格丽特死了
我的女儿不能把她代替
现在我后悔向她隐瞒了下落不明的安

——她被社会遗弃，那时我还没有
跨入文坛。她在伦敦1803 年的一个清晨
用一杯六便士的葡萄酒
救活了我的性命

她害怕打搅我的文字。从伊顿
回来，她就总是
躲在我永远也找不着的一根柱石后面

---

① 德·昆西（1785—1859），英国19世纪随笔作家。19岁开始吸食鸦片，1821年出版代表作《一个瘾君子的自白》。

而我也开始渴望功成名就的到来

可我至今也没有完成
垂名千古的巨著。1821 年的散文
只是我胸口深处的一声叹息
它的剂量谋杀了我留在索霍广场的梦幻

它不是忏悔（尽管世人都这么认为）
十九岁开始的厄运跟随我直到今天
现在我躺在床上，蜡烛快要烧完
我已经不再有和谁谈起往事的兴致

昨夜我梦见那个马来人，在湖沼间出没
动作和五十年前一样，没失去任何灵巧
安一声不吭地背对我，在她下面
一条鳄鱼发出来一连串怪诞的叫声

1999 年 10 月 21 日

一个被回忆起来的夜晚

在我到来之前，桥上的灯
已浮在河水中亮起

我在那儿等了很久
一个女孩从公交车里下来

几个挤在一起的民工
在露天看着电视
二十几个频道
被他们换来换去
谁也没去赶肩膀上站着的蚊子

数完十七个台阶
易拉罐，扔在我们够不着的河心
可我仍然不满意这样的距离

我们开始说话的时候
对岸歌厅有人唱歌
没找准音阶的歌手仍把声音
送过水面，这让我想到
我不是一个比他要优秀的人

那个女孩，我握着她的手
整整四个小时
可现在我不记得我说了些什么

星星在一个瞬间划伤天空
唤起了我的热爱

我和她坐在紧挨的两张椅中
河水就在眼前淌过
它不是一条出名的河
可它和这世上所有河流发出的声音
一样地没有差别，一样地惊心动魄

2000 年 12 月 20 日，

惩　罚

——关于父亲

你用锤子
敲碎那只玻璃杯。
我用六岁的眼睛，
恐惧地看着你。

所有的家具
静止下来。
但有一张哀伤的脸，
在泪水里，模糊地晃动。

不用多久，
房子就会漂移：
永不后悔的沼泽地上，
一个又一个发疯的椭圆，

吸干了形象。
我恐惧地看着你，
像看着锤进墙壁的钉子，
不再被挖掘出来。

你从我身边走过，

地板踩得像要破裂。
马上要黑下来的天，
笼罩在我的脸上。

噢，去年你还带着我，
走向越来越深的河谷。
所有的树枝和草棍，
不断爱抚身下的河流。

但你把手松开，离我
越来越远，我在变黑的水中，
突然喊起你的名字，仿佛
恐惧又一次突然来临。

2001 年 2 月 20 日

在茶厅等候一个朋友

晚上十点，我在茶厅
等候一个朋友，
十六张空空的桌子，
等候它们的客人。

侍者点燃一根
酒杯里的蜡烛，
少量的水，
在里面把它摇动。

我搅动杯里一朵菊花，
不出声，什么也不想。
如果世界与我无关，
我会是多么愉快。

玻璃墙后的水，
在夹层里改变它的花纹。
我也尝试改变，
让脚步声在体内

变得更加柔软。
但它和钉在墙上的世界

多么相似，保持了
与生活的距离。大厅中央

是架孤独的黑色钢琴，
一个和它同样孤独的女子
用指尖碰触它的脸庞。
现在是十点一刻，

我等候的朋友一直没来，
钢琴旁的女子
好像有些胆怯，当她的手指
第二次遇到肖邦。

2001 年 5 月 24 日

单身宿舍的音乐

从上楼开始
我就注意到他的
影子，在一闪一灭的
烟头灼烫下
没发出任何声响

他慢悠悠的步子
紧贴在我身后
在走完所有的台阶之前
我知道他会
等着，用一种凿入
石头的声音
搜寻我的耳朵

而布满天空的石头是多么
丑陋，那样沉默地将我
俯瞰。我只听见自己的
呼吸在移动身体的
重心。一会儿
一只猫撞倒的瓷瓶
从楼梯上滚下
破裂成闪闪发光的无数碎片

怎样的闪闪发光呀——
我蓦然看到的脸庞
眯起一双痛苦的眼
在我止步时又飞快地消失

而就是这一会儿
他给我带来
对这个世界的辨认与宽恕

静默得如就此结束的一次谢幕
他退入黑暗里，悲哀的楼道空无一人

2001 年 1 月 7 日夜

我是怎样从梦里醒来

半夜，不知道是谁
在我桌旁坐下，摆弄着
桌子上的镜框。我走
过去问：“你找谁？我吗？左边
那个就是。”“不，那个不是你。”他说
在黑暗中，我不能判断
他是不是真能弄得清楚

第二天，还是半夜
我又听到镜框
在桌子上发出声响
我走过去，断定
仍是昨天那个人
“认出来没有，”我说
左边那个……”“可你根本
没在这儿。”他说，我开始
愤怒起来，用力朝他
挥出一拳，但什么也没碰到

我突然感到害怕，这个人
究竟是谁？我赶紧在房间里
搜寻，结果是我什么

也没有丢失。可这件事
我必须要弄个清楚，我不能
让谁总把我这样否定，况且
他也没向我表明过他的身份

一觉醒来，我想我应该把镜框藏到
枕底，当我伸手把它拿起
发现里面没有任何人的脸庞
而镜框也在我手上很快地消失
这时候我发现，我是站在一个
没有任何人的旷野，只有树木
和几块岩石，围住我赤条条的身子

2001 年 1 月 8 日

索菲亚教堂上的鸽子

在哈尔滨，黄昏降临得很快
索菲亚大教堂周围
照相机的闪光，继续延长着白天
整个白天我都在路上，我一直

在想，索菲亚大教堂
会是个什么样子？我现在看见它
站在一条分岔的路上，像一个隐喻
提醒我最好沉默。现在星座

还没有倾斜，我接触过的信仰
藏在几个世纪之前，像一些种子
在时间里开出花来，为了完成
几个书籍上的名字。但是今天

只有少数人，会忍不住将他们
熟悉，像熟悉一些比灵魂更深的秘密
我从最下的砖块一直望到顶端
十字架的上面，只有代替耶稣的鸽子

在黄昏里投下它们的声音
我看着走在身旁的羽毛和翅膀

带着谨慎的黝黑，它们突然
将你留在粗糙的地上，成群地

站在你到达不了的地方，仿佛要守卫
一个不愿散开的中心，仿佛那里
有个一成不变的人物。他用鸽子的眼睛
看着下面，低着头，慢慢地凝视——

一个孩子的拖鞋就要把夕阳踩灭
准备照相的少女，忽然厌恶地
推开闯入镜头的乞丐，乞丐的嘴唇
咕哝着，眼睛像发疯一样地通红

2007 年 8 月 13 日夜

在深草里坐着

在一个没有人打扰我的午后
我在深草里坐着，这些草
安静而荒凉，当风吹过去时
它们沙沙作响，像要说些什么

可我现在已不愿意再去倾听
我现在只想在这里坐坐，身边
空掉的矿泉水瓶和废旧的报纸
告诉我有人也曾在这里坐过

现在轮到我了，一个没有人的
草地，草叶已经枯黄，尽管
秋天还在远处，一条细细的水
已开始携带满身都是皱纹的落叶

我不知道这水要流到哪里
仿佛一切都要随它离开，仿佛
一切都在这时，忽然变得遥远
只有我依然坐着，把自己留了下来

2008 年 7 月 1 日

雨水使道路变得荒凉

前面没有人了，道路
并没有因此变得空旷
那么多树闪开自己的身子
叶子上倾泻出哗哗的雨声

在雨声里，你有什么事可以
干上一干？譬如让自己
不变成一块石头，让自己尽量
多说出一些话来，你是应该说话了

尽管道路越来越荒凉，就像地球
翻了个身，将它的嶙峋
暴露在你的脚下，你只是走啊走
将自己走成一条最荒凉的路

当雨声停止，只有叫不出名字的鸟
突然啄响你的沉寂，好像是
你在空旷的屋子里，有人敲门了
你什么也没想，开门让他进来坐坐

2008 年 7 月 8 日

车厢内

他们坐在我的对面
没刮胡子的男人在削一个水果
他的妻子靠在他肩上，像是睡着了
孩子看着窗外，眼睛里闪出惊讶

车窗外的风景越来越快
快得让人抓不住一个细节
男人把水果递给那孩子
孩子仍看着外面，外面是广阔的空间

有一天他会走到那里
当他的父亲衰老，拿不动一把水果刀
那时他会觉得人世辽阔——而人世
的确辽阔，无人看见我被时光碾碎的一生

2008 年 7 月 10 日

树　下

你在树下露出半张脸，然后大声说
“我已经躲好了，你快来找我。”
当我转过身，你的脸消失了
有什么是没有消失的呢？

有时候我接你放学，你的脚
踢着一块块石子。那些从地上
一跃而起的石头，飞快地落到树下
“它躲起来了！”你告诉我，然后去找它

但在树下的东西你不可能找到
它们很快就生了根，一个劲地往下生长
往上生长的只有树，你会很快爬不上去
树的影子使树下的东西越埋越深

一晃又是很多年，树还在那里
树下的东西已经没办法辨认
“记得我在这里躲过吗？”我当然记得
你的手在离开我，这时我发现我错了——

往上生长的当然不仅是树。树下的东西
也在生长。但它们都躲了起来

我现在也绕到树后，但树的影子我始终揭不动
因为唯一没躲的是树——这次我说对了吗？

2008 年 7 月 24 日

坐火车经过一个未停的小站

只一个瞬间，火车已从这里驰过
站名牌在窗外一闪，根本看不清站名
但我知道，此刻我已到达一个地方
而我不知道这是个什么样的地方

一个小城，或者一个小镇，它很快
就落到我的身后，我在车窗里没有回头
但它还站在那里，孤单、固执
像只小小的蟋蟀，在草丛里埋伏

它一定有一个名字，在这个名字后面
一定有它细小的生活。这生活
和所有的生活没什么两样，它会在
一列慢车的到达里，增添一些幸福和忧伤

而我已远远地离开这里，我也将很快
遗忘我到达过的那个瞬间。此刻
我凝视的一切都不会改变——灌木在窗外
劈开辽阔的原野，地球旋转着，无声无息

2008年8月27日夜

傍晚的广场

傍晚的广场上你不认识一个人
但这恰恰是你想要的效果
你的脚步和这里每个人重叠
有几个瞬间你觉得你不是你自己

如果你真的不是你自己，那你
又会是谁？你的姓名和经历
都在一些阴影里蠕动，没有人能打开
你的阴影，你也不可能看清楚别人

这里的暮色越来越浓，一张张脸
变得越来越模糊。大理石铺成的地面
恍如一个棋盘，你忽然惊讶自己的位置——
每走一步，都像和自己在交叉走动

每个人都有自己的迷惘和黑暗——你突然
被这个念头控制或打动，而每一个
与此类似的念头，都让你理所当然地渺小
实际上飞起来的也只有叫不出名字的黑鸟

它们为数不多，也无人注意，实际上这里
和任何一个地方没有区别。在上涨的黑暗里

你听到的哭声至今也只有你一个人听到
你完全可以说，此刻只有你一个人走过了广场

2008年8月25日夜

秋天的第一首诗

秋天来了，我在
五楼的阳台上望着远处
远处什么也看不清
只有落叶在眼前落着

好像秋天就需要落叶
好像没有落叶就不能被叫作秋天
我不由仔细打量这些落叶
它们实在没什么特殊

但是楼下的人却在仰望
那个人的脸朝上看着
不知道他究竟要看清楚什么
或许是希望自己发现更多的东西

但是落叶在阻止他
他仰望得越有力，落叶
就越密集地打到他脸上
直到把他的全身淹没起来

他真的被淹没了吗？至少
当我想看清楚他的脸时

我看见的只是落叶，难道秋天
将空旷得看不见一个人吗？

2008 年 9 月 4 日

秋天的第二首诗

从消逝的远方
秋天像从回忆里升起
我长久地注视它
看着它从消逝里回来

秋天确实消逝了很久
从我曾经看见的事物
到我无法看见的事物
或许它们根本就是同一个事物

我总会猜测，我最后到达的
会是哪里？那可能只是很远的
一个山冈，它延伸到视线之外
让你看不清它是陌生还是熟悉

而我发现我已开始眺望
仿佛眺望，是让事物明亮起来的
方式，就像此刻，我听见远方
树叶穿过成熟，哗哗地变得盛大

2010 年 8 月 26 日

山里的流水

在山里，流水的声音
把你吸引到一座小桥之上
当你看着流水，流水还是
像往日一样流淌

落叶和树枝
滑过它的表面
数不清的石头在水底
暴露出它们的形状和色泽

你双肘撑上桥栏
看着这流水，在你凝视中
一个逐渐清晰的自我
奇迹般浮上了水面

2008 年 9 月 9 日夜

九月十日

今天，伊朗阿巴斯港市的地震摧毁了很多人的生活；
今天，有左轮枪的海盗在索马里附近的海域劫持了一艘货轮，我猜想他们的头目一定从额头斜挂过一只黑色的眼罩；
今天，里海沿岸的阿斯特拉罕州发射出一颗演习导弹，当蘑菇云升起，云上面像是有小矮人在跳舞；
今天，一个戴棒球帽的女间谍在法庭温顺地承认自己的罪行；
今天，山西襄汾尾矿库溃坝事故已发现第一百二十八具遗体，他们的眼珠再也不能在眼眶里转动；
今天，有很多孩子带着鲜花去了学校；
今天，在熄了灯的房间里，儿子在蛋糕上点燃十一支蜡烛，我站在旁边，鼓励他将它们一口气吹灭。

2008年9月10日夜

中秋夜在舞水河上泛舟

河流狭长，两岸的树木
都离我们不远，黑暗的船头
有人在吹萨克斯；舱里的发动机
突突作响，几支烟头在明明灭灭

云层里，月亮变成了红色
但是河流黑暗，我们慢慢航行
沿着水面的山影，这山影
和水上的部分形成对称。两小时后

船停了，我们谁也没有下去
沉默中我们看不清彼此的脸
只有萨克斯忽然又再响起，恍如
在此刻的人世，它是唯一的声音

2008 年 9 月 14 日夜

风雨桥

在这桥上不知走过了多少人
那些像箭头一样的桥墩
还在水里蹲着，外面的灰泥
脱落，暴露出里面的青砖

一个朋友告诉我它修建的朝代
七个层叠的木质桥亭上，伸展出
翘起的亭檐。朋友说，从建成那天开始
它就没有变过。舞水河在下面流淌

我在桥廊里俯身看着这流水，或许
只有这水声才真的没有变过——
它在每一个桥墩上拍打，漫不经心
它每天流得很慢，但所有的鸟都追不上它

2008 年 9 月 16 日夜

站在山下

流泉一直淌到山脚
我们就站在泉水汇集的地方
你不知道它是从什么地方流下
于是我们抬头往上看去

这水经过的石头全是黑色
大概就是这水，洗去了石头上的苔藓
再上一些，是石头上的树
它们笔直站在石上，根须也伸了出来

我们又再看上去一些，就是密密层层的
树叶，泉水是从树叶里流出的吗？
但它的声音在告诉我们更高的地方
那个地方却不是我们肉眼所能看见

但奇迹不是泉水，而是我们继续往上看时
一幢白色的房子在接近山顶的地方出现
当然，流泉不是从那幢房子里出来，但我
肯定，已经有人比我更接近这首诗的源头

2008 年 9 月 8 日凌晨

远方是不能治愈的疾病

我在屋子里看着外面
玻璃把我和这个城市隔开
夜里有点冷了，有几颗星星
在很高的地方燃烧

它们燃烧了很多年
但是现在——在这个夜里
它们忽然冷却了
有一些碎片落进远处的旷野

我还是在这个角落
它封闭、单调，像一个关紧的衣柜
墙壁移动我的影子，像树林
总幻想能把自己移到远处

窗子在打开，现在远处是一片黑暗
在这个星球上，我的影子多么孤寂
多么荒凉，那些旷野上的灯光
多么冷，多么无情地刺入我的眼中

2008年9月30日

信

有时候，我会涌起写信的冲动
可我写给谁呢？朋友们在远处
过着他们的生活。我猜想他们
和我的生活大致一样——孤独
厌倦，但却说不清具体的原因
他们是否会愿意收到我的信件
这很难说，因为我不记得多久
没有收到谁突然写给我的信了
当我沿着时间向过去返回之时
我发现有很多人已经被我忘记
而我忘记的人应该也忘记了我
他们不再给我写信，我也不再
把我的生活向另外一个人倾诉
当我想起以前的倾诉多么热烈
会有羞愧使我突然说不出话来
可是今夜，我依然有写封信的
冲动，我已准备好钢笔和信封
准备好胶水，我渴望把信写完
然后寄给一个离开的人，一个
早已不再激动、早已没有愿望
的人，甚至，我就干脆把这信
寄给一个死去的人，他会收到

慢慢地读，读一封没有字的信
或许有字，但只有他能够读懂
我很快就不记得我写下了什么
在我能写的时候我就写下回忆
在不能写的时候我就写下想象
但是今夜，我发现灰尘在代替
回忆，而想象，只不过是为了
让我在自己的命运里能够消失
没有消失的就变成生活的细节
我为什么要把它们抓住？一切
只是让我埋头自己，只是让我
把这封信，写成一首徒劳的诗

2008年10月13日夜

虚　构

我在虚构你，在一首首诗中
我虚构你的头发，虚构你的声音
我虚构你一直走到今天的经历
而你始终不知道我跟在你的身后

我奇怪我为什么要跟着你，年复一年
你在我的虚构里变得清晰，但你的脸
我不能虚构；你的名字，我不能虚构
或许你没有名字，你也从不回头看我

有时候你会消失，当那些诗歌
突然把你挡住。我暗暗有点着急
于是我又写下一些新的诗歌，我希望
你会出现，我希望我能重新看见你

当我重新看见你时，你有了变化
或许变化的并不是你，是我的思考在改变
我们共同经历的一切。而什么又是我们
共同的？生活只为我颠簸出偶然的平静

我就趁这平静，一次次用诗歌塑造你
仿佛你躲在一块石头深处，我用语言

粉碎着石头，好把你从中拉出，如果你出来
你就会继续走，在我的虚构中，继续活下去——

2008 年 10 月 15 日夜

这块石头是从什么地方来的？

这块石头是从什么地方来的？
当我看见它时，它躺在草丛之中
但即使它躺在草丛里，那些草
也不见得对它抱有什么好感

它在草丛里只露出一半，另外的一半
正被草吃着，但它始终不吭声
它好像愿意自己被草吃掉，即使它
有一副比草更硬的外表，但它的心肠

我没办法看到。在一些其他的地方
譬如山上，石头几乎占据了山的全部
或者说整座山就是一块巨大的石头
在那里，石头的里外全都一致

只有这块在城市的街道、街道的草坪里
躺着的石头有点不一样。它大概是想
尝试另外一种命运，但从来就没有另外一种
命运，另外的只有消失、吞没，以及遗忘

2008 年 10 月 15 日夜

等　车

天黑了，车站下已经没几个人在等车
我从马路对面过来，这里的站牌
已经有点冷了，我缩了缩脖子
但雨水下得更快，我就在这里等吧
和我一起等车的人我一个也不认识
但他们此刻在黑暗里和我站在了一起

远处的车灯扫来，不是我要坐的那趟
但有人在这里上车，不理睬谁
过了十分钟，车站剩下的人越来越少
我意识到这点时已是我一个人在等
黑暗在雨水里弄出声响，我继续看着远处
远处的一切都已模糊，甚至不再有人过来

我一直站在这里，我奇怪地感到我在这里
已经很久——多久呢？仿佛有很多很多年
我独自在黑暗里听着那些上涨的声音
我忽然渴望那些声音把我淹没，雨水
始终只是飘着——不大，但总也不停
雨水的上面是天空，那里黑得什么也看不见

我在这里继续等下去，我要坐的那趟

始终没来——我是不是站错了车站？这里
是不是变成了一个不再有人到来的角落？
我感到越来越冷，我几乎忘记我要去到哪里
好像这个车站就是我的位置，我要一直
站在这里，黑暗在雨水里漫延，雨水无处不落

但雨水也没有注意我，因为这里是干的
我站在这里，可我感到我在不断后退
一直退到我自己的深处。又是一辆一辆车开过
那些车灯变成模糊一团，坐在里面的人
我一个也不认识。我忽然在手机上发出一条信息
——“我在等你！”但这世界没有给我答复

2008年11月17日深夜

你在落叶上蹲着

我认不出那片树林长在什么地方
你蹲在那里，在一层又一层落叶上
你蹲下去的瞬间，好像你就走过了
很多个秋天，你蹲下来，好像是
只有这个秋天，才会涌出这么多落叶

有落叶的日子，我就会平静
有落叶的日子，我就不会去想
过冬的木材是不是已经劈好
泉水在山里，什么时候会变得干枯
我有很久没到山里去过了

再看你时你已不在那里，那里的落叶
在阳光下会变得更厚，光秃秃的树枝
会伸得越来越高，最后它会像鸟一样
到我们到不了的高处看这个地球
直到这个地球全部被落叶铺满

那时候，秋天辽阔得就像整个人生了
我可以随便在里面走走，随便看一看
这个被人阐释的世界，又多么像

它刚刚被创造出的样子。我当然也会
在落叶上蹲下，我蹲下了，就会想起你来

2008 年 12 月 1 日夜

父　亲

父亲在沙发上睡着了
他什么时候睡的我一点也不知道
电视还开着，主人公的声音
在倾诉他的爱情。我坐在一旁
被一场庸俗的剧情吸引
我没注意到父亲睡着了

父亲的鼾声很小
我记得很多年前，我在一个冬天的半夜起床
父亲在刻钢板，灯光暗淡，他脚下的火炉
不敢开得很大（否则蜡纸上的字迹
会在看不见的时候融化）
从厕所出来，我从他背后溜过
偷偷回到床上。那时我还太小
可我为什么总记得那个场景？

我现在已不记得，父亲什么时候
就很容易睡着，好像在睡着的时候
他已把所有的未来过完
他在沙发上坐下就不大起身，即使吐痰
也不走到厕所，他现在很少说话
以前他常常说，“等我老的那一天……”

但我没看清那究竟是哪一天
父亲的头发已掉了差不多一大半

父亲现在很少说话
好像他迷上了电视
但总不能看完，他看着看着就会睡去
我想起很久以前的那个晚上
我偷偷上床，父亲在暗淡的灯光下久久没睡
尽管光线越来越暗，但他写字的笔尖
在钢板上发出的声响结实，我很快就重新睡着

2009 年 1 月 4 日凌晨

你交给我一个远方

你交给我一个远方
那远方很远
就像风吹过的草地
地上的草已经枯黄
不知道它们是否会在冬天死去
在冬天死去的东西很多
但会有活下来的
那些在冬天活下来的事物
都会比我们想象的顽强
我是否想象过冬天究竟会带给我什么
我在我的窗户上靠着
风把很远很远的地方刷子样刷开
但最远的地方是一个黑点
好像那是刷子刷不到的地方
我想那大概是一个人写下的什么字
那字在空中飞舞得很高
我注视那里很久
越久，那里就越来越远，但又越来越近
于是我就坐下来
让远方降得更低一点
一直低到很多东西融化
就像屋顶上的水，滴滴答答

到最低的地方汇聚
我就在这个最低的地方
看着风在草地上继续吹过
直到那个最远的地方
也低成我终于能摸到的窗沿

2009 年 1 月 4 日夜

弥　留

外祖母就躺在那里，失去水分的
身体，使她蜷缩得像个婴孩
房间里弥漫着混浊的气味
没有灯罩的壁灯下，灰尘聚在顶部
她就躺在灯盏下面，睁开
费力的双眼，嘱咐我回家路上小心

黑暗，那个不出声的窃贼
猫腰蹲在窗外，外祖母
好像要把它吓走，尽力提高音量
她的外孙难道还是个孩子？
从一数到一百，然后告诉她
那是从家里走到菜场的距离

那确实是孩子的脚步，气喘吁吁
外祖母在街角处等待，拎着篾竹篮的手
有一些吓人的青筋。晚餐桌上的南瓜汤
冒出股股热气，外孙躲在餐桌下
注视一双从厨房里走出来的脚
他缩缩身子，以为可以藏得不被发觉

当然，所有的把戏都不会将她瞒过

只有一次出现例外：一件天冷时才穿的新衣
勾起他的渴望，于是嘟囔着告诉老祖母
“喉咙痛，晚上可能着凉”，老祖母赶紧
拉开抽屉，一直翻到底层。那件新衣的
纽扣，老祖母蹲着，一颗颗给他扣上。

而现在她再也不能站起，在壁灯的
昏暗光线中，保留一种活的状态
煤炉在屋外燃烧，几个人将它围在中央
姨妈从外地赶回，舅舅
始终在烟雾里藏起脸庞，他们的多数时间
用来沉默，偶尔也会把一本杂志打开

我从他们中间走过去，每一个人
都声音很轻地和我说着再见，好像害怕
惊动在屋顶积着的灰尘。那扇
褪掉颜色的门在我身后关上
我再听不到任何声音从里面发出
可屋里的灯光，我知道整夜都不会熄灭

2002年8月4日夜

春雨在下

——诗悼友国

春雨在下，我在屋内听着雨声
春雨很像某种脚步
告诉我一个朋友去了远方

春雨在下，滴滴答答的声音
不像就在外面，或许我推开门
就会看见春雨的真实模样

我有点害怕开门，因为我害怕
那条伸到远方的路上，只有溅起的
泥泞，只有把泥泞穿在身上的石头

但一个朋友走到了那里
他不再给我们消息，或许只有他
理解了我们不能理解的荒凉之美

就像我此刻听到的只是春雨
我发现春雨，忽然不再美丽
尽管它下了一夜，还将再下一夜

2012年2月23日

鸟的十四行

深夜，不知是谁唱起在孤寂里隐身的歌。
好像有很多树在空旷里移动，树上的鸟巢
空空如也。我不知道一只鸟怎样在雨中栖息、熟睡
很可能，它们比人更加懂得，世界从来就是这个样子
很可能，它们拥有比人更多的知识。但它们理解的方式
却从不让人知道。它们一律喜欢安静的地方，这使它们
几乎都像智者，而我现在，确认它们就是智者
它们做到人所做不到的事情——整个一生都用来歌唱
没有人说出它们热情持续的秘密，没有人把折磨自己的问题
拿出来请教任意一只鸟。在那些属于永恒的声音里
只有人的语言，笨拙而愚蠢，既看不出启示的力量
也谈不上对本源真正的表达。创世时的宝藏
人都已忘记——那些树叶、石头、流水
但每一次天黑之前，鸟都从这上面飞过，像轻盈的上帝。

2010年12月12日夜

水的十四行

除了水，这大地就没有诞生过别的流淌
从世界开始的第一个早晨，就很少有人
徒步到达过一条水的源头。我非常肯定
诞生水的地方是世界最神秘的地方
那里不允许任何人想象。它越来越宽地
占有大地，从溪水变成河流，从河流变成汪洋
好像创世的上帝，仍在不停地工作，直到一切
变成大地需要的样子——没有水就没有开端
也就没有岸，没有村庄，没有平原和丘陵
只有水才会认识大地最真实的样子
开始我惊讶，现在我承认，没有什么比一条水
更让我觉得它就是奇迹。它活生生出现在我面前
我童年时看见的河水，到今天也看不出变化
但它是不允许我，不允许任何人看见它在变化

2010 年 12 月 23 日

小酒馆和午夜

——致马永波

从五楼下去，街对面就是小酒馆
四面墙都已发黑，灯下的桌子
一直排到外面，我们仿佛挤不进去
那就在街上再摆开一张。这午夜的人世
我们把它再挤上一挤。很快就有
更多的桌子摆出来，很快就有
更多的白炽灯，拖着油腻的电线
把头探出窗口，直到更深的夏夜
在我们啤酒瓶里，冒出凌晨的头来

现在很多年过去，一年年的夏夜
我已一年年觉得陌生。小酒馆已经消失
我也搬离了那条街，此刻的凌晨
只有树叶滚动，仿佛很多年里的很多东西
都已躺下来休息——人世变得安静了吗？
我此刻听见树叶，在滚动里把自己
掩埋起来，没有变化的是星星
它们总有几颗，仍在人世的每个午夜
把燃烧下去的决心，痛苦地抱紧

2009年4月5日凌晨

孤　独

下午的烟缸。杯子。很久没翻阅的
一本小说。地板从上周起就没打扫
拖鞋在沙发下，露出它一半的后跟

一个男人半躺在沙发上，他的眼睛
看着窗外。那里的树好像变得茂盛
他没听见什么声音，但是阳光倾泻

从一个很远的地方。他没去过那里
但忽然的喜悦过来，在光线打开的
深处，有鸣鸟。波浪。温柔的眼睛

2009 年 5 月 4 日

他们说这里一切都已静止

他们说这里一切都已静止
没有风，没有吹得动的事物
天空越过墙壁
到了自己的位置

他们说这里什么也没剩下
没有人把这里当作起点
因为这里道路苍白
好像它通向的只有月亮

在这里，没有人能发现什么
只有我的影子像月光样移动
它在一个什么也没有的地方
疯狂地寻找自己的灵魂

2009 年 6 月 29 日夜

今年的秋天

今年的秋天，和往常没有两样
依旧是落叶，依旧是高高涨起来的
天空，天空里依旧是石头样的云朵
我依旧埋着头，敲打一行行诗句

今年的秋天，来得好像很慢
我很少出门，我发现我在今年
不再关心外面发生的一切
因为我不再像往年那样年轻

今年的秋天，我感到我
在加快变老，我很少和别人交谈
很少注意是否下雨，我厌倦了
所有的形式，我厌倦了向人问好

今年的秋天，我想到的是休息
最好是人世尽头的一个岛屿
我坐在那里，我唯一允许的
是无边无际的浪花，久久围来

2009年10月14日夜

天变冷了

天变冷了
我在房间里生火
那些燃烧的木炭
会忽然噼啪地响上几声

天变冷了
透过窗外
树和鸟
在变成迟缓的记忆

风以旋转的方式
在空中打出一个个结
尘土迅速地撤离大地

我看了看天空。天空看上去
像在准备一场严厉的雪
——它打算覆盖掉我一年的脚印

2009 年 12 月 2 日

降　临

（一首长诗的片段修改）

有一次父亲把我带到乡下
他在那里出生，十七岁的时候离开
我无法产生那是我故乡的感觉
可父亲的神色开始变化，仿佛有某种降临的东西
紧紧把他缠住。那是我第一次
看到他脸上凸显出我从未见过的表情
——那是从什么地方来的？我也慢慢
听到自己的心跳。后来天色变暗
我们还有一段路要走，父亲告诉我留在这里的
不能连在一起的记忆。他的声音很低
更多的是沉默。仍是潮湿的泥巴
在我们脚下发出“吧嗒”的声响，那是一种
特别固执的声音，在夜色里滑动
群星一颗颗颤抖，我胸腔里突然
升起一股水流，在越来越深的
模糊里闪动白光。一些仍在
觅食的鸟，也蓦然间飞过我们头顶
它们几乎就要穿过月亮。光秃秃的树枝
架在月亮和鸟的下面，或许世界
一直就是这个样子。我从父亲肩上

默默拿过行李。我突然感到惊异——
不知什么时候，我和父亲已经一样地高了

2003 年 3 月 13 日夜

凌晨，还有一些灯光亮着

凌晨，还有一些灯光亮着
在寂静的小区，它们三三两两
摆成不规则的图案。当我把酸痛的眼睛
从写作里抬起，那些灯光
就出现在我窗外，它们让我
忽然感到温暖，让我在凝视里
不再去想我的陋习，不再去想
我的错误，甚至不再让我
去想我的命运——我经历的一切
就为了把我变成一个今天的我
和一个此刻的我。而此刻
就为了我看到这些陪伴，看到这
凌晨的闪烁，像看到一些模糊的脸
在树叶后面，隐藏起美丽和温柔

2010 年 3 月 18 日凌晨

在水杉林

二月兰已有一尺来高，成百株水杉
笔直地挺拔到高处。高处需要我们仰望
而我已厌恶再去仰望什么。在这些一尺高的
遍地紫花中随便走走，我就想蹲在里面
那样谁也看不见我，我看见这些花
看见这些草。它们在低处、在喜悦的鸟鸣里
抱紧自己丰盈的生命，又把生命全部打开

2010年4月12日

夏天的傍晚散步

夏天沸腾的时刻总是傍晚
我们出去，很远的地方有星星指引
窗户明亮，像一些孩子睁开眼睛
空气里出现了凉爽，好像它不会
再回到正午的照耀之中

有一些音乐在街上播放
很多头发变白的女人随之起舞
好像只有这时，她们才终于放下生活
一些没名字的鸟，从这里忽然飞过
它们黑色的影子，在此刻叫作明亮

在我身上，有无数个我忽然醒来
他们陪着我们一起散步，他们将讲述
一些和轻盈有关的话题，像那些回声
从鸟群的喉咙里出来，又被天空
挡回到我们树叶布满的内心

而我的确听到树叶的声响，在渐渐
暗下来的远处，它们形成流水
形成清凉和不朽的歌唱，于是我们

什么都不询问，包括未知和这无穷世界
我们只放慢步履，更紧地依偎——

2010 年 8 月 18 日夜

陌生人

在有很多人的时刻里
我会忘记自己，这似乎
是一种不幸，但它
始终连接我的生命

当夜深人静，只有一个人
和我面对着面，这似乎
是另一种不幸，但我愿意
倾听着他，一个陌生的人

他教我希望、教我痛苦
他教我去走人世的歧途
教我信仰歧途里的甜蜜与苦涩——
正是它们，把大地交叉捆绑

我惊讶他说得如此冷静
直到疲倦让他起身。当他步入
我的身体躺下，我终于发现
这第二个自我，永不离去

2011 年 6 月 16 日夜

当我们埋头写作

当我们埋头写作，
我们真正写出了什么？
这世界不再需要增添一首诗歌。

这世界常常指着我们的额头，
告诉我们一切都没有意义。
它告诉我们终极——那等待着的黑暗。

有时我也忍不住怀疑，
我们是否真的需要一首诗歌，
我们用它干什么——它不会拥抱你，

不会对你微笑，它更不会
伸手抹去我们的眼泪。
但我们还是写下它，用全部的力量。

我们还是写下它，用一种
把皮肤从肉体上撕下的痛苦，
用秋天终于从大地离开的勇气。

于是我们幸福，哪怕它是荒凉，
于是我们怜悯，哪怕它是脆弱，

于是我们秘密分享——用无法变硬的心肠。

在每一座山冈和草地上，都有柔软的风，
它吹拂着流水和旭日。我们的眼睛，
知道这些美丽，也知道这些美丽永存。

2011年6月28日夜

早上和傍晚的草坪

很可惜我不能停下来
那两只鸟，在草坪上鸣叫
我确信它们是在叫我
希望我加入到它们中间

这使我忽然感到羞愧
因为它们友好、善良
在早上的第一个时刻
让我的心情开始愉快

我真喜欢它们的眼睛
在白色的绒毛后面转动
像圆圆的糖，我猜想
那正是它们亲密的原因

最能看清的，是它们的羽毛
一模一样，一层褐色下面
是一层更深的褐，只在尾尖
露出两条发亮的深蓝

它们一定很远就看见我
于是在草坪上飞起来

它们飞向我，从喉咙里
发出我最喜欢听的声音

可我只能很快路过
当我回转时，时间已是傍晚
草坪上只有石头、树叶
和一个小小的喷泉

但我还是非常愉快
我停下脚步，不是寻找它们
一种销声匿迹的美
我发现我是真的喜欢！

2011年6月10日夜

会有什么人读到这些诗歌？

会有什么人读到这些诗歌？
这一行一行句子，
我都是用心写下。我希望
在这一个字上，都有我给出的体温。

我要说，我一直渴望，
我写作时的痛苦和激动，
都跌落在字与字的夹缝，
然后坚决和饱满地生长。

我要说，我感受的一切，
全部沿着这些句子攀登。
有时我攀登得异常容易，
有时又像带着很粗笨的锁链。

我只希望你原谅，我写过的那些
疼痛的字句，我也希望你喜欢
另外一些温暖的诗行。我希望
你经历过的痛苦，能在阅读里融化。

我更希望，这些诗歌让你想起
另外一个自己，想起更多人的

命运和人生，尽管他们
和你同样陌生。而我一直

试图让所有的字都醒来，让它们
激动于自己的眼睛，像我激动于
一个陌生的你和一个复数的你。
我能感觉，是你在移动我的手，

移动这些诗句。我能感觉，是你把我
从这些句子的底层往上拉。
当我来到这些诗句顶峰，我感受的
是我用最彻底的方式，终于抵达到你。

2011 年 8 月 30 日夜

抓住我的时刻

洗碗的声音从厨房传来
我在沙发上读书，窗外
是一个群鸟归巢的傍晚

很多日子都这样过去
有时我感觉，这些抓住我的
时刻，正抹上非常随意的色彩

这色彩从容、安逸，但无法
在调色板上调出，它包括你的双手
包括黄昏和我慢慢阅读的杰作

生活给我的考验，仿佛就在这时刻里
完成——你走过来，我放下书
群星在窗外，回报出灼热和辽阔的闪动

2011 年 8 月 3 日

夏天将要结束

夏天将要结束，仿佛
大地深处，将掩埋一种
不慌不忙的死

在我心里，一种疯狂
也在逐渐死去，就像天空
将下雨的速度逐渐放慢

但一种巧妙的平衡
将在一条林中小路出现
当树将树叶疯狂地抖下肩膀

落叶却出奇地安静
它们散发的潮湿气味
让我忍不住加深了呼吸

2011 年 8 月 31 日夜

在旷野

在旷野的夜晚，星星压得很低，
河流在远处流着，没有人在这里。
我说没有人，是因为只有我和你。

只有夜晚、星星、河流。
我不想再要什么，有时候世界，
会突然显得多余，当你出现之时。

构成世界的东西，其实很少，
我看见的就是世界，那些没有看见的
也许从来就不曾存在。

你喜欢的，我会更加喜欢；
你不接受的，我会很快地掉过头去。
因为没什么比得上这旷野的时刻——

星星垂在草尖，河流在远处
永不停息地流淌，它碰撞着旷野，
像我碰撞着你，你碰撞着这个世界。

2012 年 3 月 19 日

想象一列火车

想象一列火车，想象一个女人，
独自坐在里面，风景在窗外，移动它们的脚。

响动的铁轨，好像在不停地和自身碰撞，
山峦起伏着，划出很孤独的曲线，没什么比想象

更加孤独。而从一个人孤独的想象里，
会长出很多锯齿形的叶子。现在，你就猜猜它们

哪些属于记忆，哪些属于想象？
你就猜猜它们何时飘落。当那个女人忽然

露出从未有过的微笑，你就猜猜它们
是陪伴她到终点，还是落到某个现实的深处？

2012 年 3 月 30 日夜

一幢房子

一幢房子常常出现在我脑中
它有一扇门，有一扇窗，朝北面打开
它有一个屋顶，但不介意雨水落进来

只有一条路通向这里，它不来自修筑
它是我经过非常长的日子
缓慢地走出，我要让它呈现一定的弧度

我喜欢弯曲是因为地平线太直
从那里长出很绿的草，它们一直铺到
路的两边，不是很高，但也不是太矮

方圆十里，只有一棵大树，我抱不拢
它的身子，也攀不到它的顶端，我每天
散步到它身旁坐下，放弃两小时的思想

我这时不看别的地方，只凝视那幢房子
它显得很小，但为大地增加高度，阳光
烤暖着它，使它看起来很像上帝的居所

2012 年 9 月 14 日凌晨

菊花茶

有个诗会在远方举行
我去了那里，人群
把自己淹没，但诗歌
不是这样写下和完成

我现在从书桌旁起身
给自己冲一杯菊花茶
一朵一朵菊花，开过一片
淡黄，然后孤独地死去

2013 年 1 月 13 日

一年过去了

——写在唐兴玲逝世周年

一年过去了，很少人提到你
我也只是偶然想起你。一年过去了
我看见的景色依然没变，还是街道
人群，还是无数张陌生的脸孔

一年过去了，其实是很多生活
在一年里逝去，但另一些生活
又在隐秘地来临，这和你活着时一样
我们都曾尝试了解。有些生活

我们已经懂得，但还有一些
永远锁死它的幽暗。或许你理解到的
我至今都未能理解，你来不及理解的
我也永远不知道是什么模样

你一定要原谅，我不是经常想你
容易吸引我的，还是那些树叶
河水，还是那些纽扣样的星辰
当它们闪烁，我就想解开夜空的皮肤

我渴望了解所有的奥秘。在今天

你已成为没有人能了解的奥秘
我回想你最后躺下去的脸，它上面
有些闪烁，但我说不出是些什么

或许一个活着的人，总是丢人现眼
一个死去的人，又总是远不可及
原谅我们都落在你身后，原谅我们
总是不知道是什么让我们停留至今

我最后想告诉你，一年过去了
我又重新选择了孤独，我的孤独
不是因为你，但是今天我想起你
我的孤独在突然展开孤独的意义

2013 年 4 月 27 日

最西北的旷野和天空

——赠给起伦兄的一首十四行

最西北的旷野在我身边展开
天空很高，高得看不见鸟
房子在很远很远的地方
它们红色的屋顶，也变成旷野的一部分

但我很少去看旷野，旷野太低
像一块薄薄的地板
一条公路将旷野剖开，翻开在两旁的草
明显比远方的要高，但一切高不过

最西北的天空，我凝望得越久
它就越加高远，当它高到无穷
我就再也看不到旷野，再也看不到

风是怎样从石头和草叶上吹过
于是我就继续凝望，直到我终于理解
什么叫天高云淡，什么叫盛大无边

2013 年 8 月 16 日草于克拉玛依

某处的广场

某处有个广场
我不知道它究竟有多大
广场上的人都很陌生
我没必要去认识他们

但我喜欢广场这个词
它把空间赋予这首诗歌
我猜测那里有花坛和落叶
有很多石头做成的长方形椅子

有一个孩子坐在那里
手中牵住一个气球，有一个老人
低头看一张报纸，坐在石椅尽头的
是一个女人，她保持和他们的距离

因为她要看另一个远方
她的脖子从围巾中抬起
直到广场从这个下午消失
没有人知道她最终看见了什么

2013年11月23日

明天见

对我说明天见
我和明天
相隔整整一个黑夜
我今天也没有和任何人相见

城市变得灰冷
云朵在天空散去
草在草丛里枯黄，它们
或许能活到美好来临一刻

当我走过去时
它们纷纷说明天见、明天见
于是我彻夜不眠
也跟那些奇异的声音说明天见

2013年12月1日凌晨

一年的最后一首诗

一年总是飞快地过去
仿佛一件很厚的衣
从我生命里脱下

我现在暴露出
我全部的吃惊，我胸口受到的
打击，不知道来自哪里

我想我应该祈祷
应该沉思和孤独
在一年的最后一天

但此刻，我在一堆
燃烧的篝火面前，它的舌头
舔着一年的最后一个夜晚

一堆一堆木头
堆在火的周围，仿佛它们
今夜过后，将烧上整整一年

2014 年 12 月 31 日夜

去湿地看鸟

湿地仿佛一片草原
阳光如被子，盖在
元旦的枯草丛中
河流诞生在周围

我们想在这里看鸟
看一种飞翔和鸣叫
像看另一种生活
奇妙地展开在高处

但鸟整天没有出现
仿佛这里没有鸟
也不会有人，我们沿着草坡
走到更低的旷远深处

在那里，草丛挖开泥土
弥漫出干燥的气息
仿佛世界刚刚被创造
大地只有寂静和永生的光

2015 年 1 月 2 日

辑二

简单和缓慢

岁末：十四首十四行（组诗）

第一首

除了这样一场细雨，还有什么
能让我更深地怀念秋天，怀念
一个果园的尽处？我沿着自己的意志
一直散步到向晚时分，或者倾听鸟翅
在掠过时弄出忐忑不安的声响，深入到
我已无法看清的阴影里。我听到的叹息
明亮而松弛，接踵在果实坠地后的空间
让我一次次掉过头来，一次次寻找
那看不见的脚步，为什么要一直跟着我
在我的周围，季节里无声的薄暮
我已无法做到，在身边干净的石椅上
安详地落座。我一个秋天的经历
便是掩埋在果园的尽处，仰着脸
等候向晚的潮润，凉凉地浸入我的呼吸

第二首

你可以通过任何方式来接近我
你可以在流水的上空，那难以想象的寂静里
深入我的皮肤——这日渐衰老的植被

已出现一片僵化的变迁。你可以通过它
潜入我结痂的伤口；你可以在空荡荡的
林子里，触到我旅程里疲惫的足迹
你将看到的阴影，在疏朗的地方
随意涂抹一片迷茫；你将看到我的脸上
呈现一片剧烈的苍白，你将看到的一切
犹如一出忧伤的歌剧，被不断地独白
或者轻唱，而我也同样看到你的眼睛
被两排细密的睫毛遮掩着，我看见
它的后面，是一片茫茫的净水
它注入我的内心，仿佛注入一条干涸的渠道

第三首

我躲藏在人群里，一条杂乱的河
流淌在城市的街道
你们为什么要找我
我躲藏在人群里，行板如歌
拍击着冬天凋零的节奏
这是一种怎样的境界，伤感或是迷惑
你们如今到了哪里？人流如织
你们是否还在叫着我？是否还在要求
我必须要进入你们的行列
可你们是谁？晕眩的阳光一层层覆盖我
我现在走到了哪里？人群之外
我看见你们每一个人的背影在穿行
你们不要再找我了，我已经
在最隐秘的地方躲藏——人群的深处

第四首

鸟群在林子上空散尽，一片浮云的世界
在我仰面凝视的一刻，我听见茫茫里
是谁的叹息在我背后轻扬
我这双手握不拢的季节，是从什么时候开始
裸露出皱纹和疲惫的沉寂。我看见落叶
跟随着我的脚步一路延伸
而我回过头来，是想寻找谁的脸谁的眼睛
在我难以继续的旅程里
我在渴望谁的臂膀？林子的深处
我又看见了谁？穿过一层又一层阴影
在细碎的时辰里隐匿，这是要
赋予我一种什么样的意味啊
我感到一切都在继续，一度挽留过我的秋天
也在风中驱赶我，像驱赶一棵连根拔起的树

第五首

——致 G.C

你离去的日子已指日可待，你将成为
最后一个离开我的朋友。我的心绪
已习惯这种渐渐空虚的氛围
这阴霾的一月，我们静坐在烟圈里
几乎可以不带伤感地谈论
一些喘动的话题，我们的语言
在刚刚拨旺的炭盆里逐渐温暖
我们能够以任何一种理由
拒绝落入窠臼的钟声。雪所渗入的事物

是一种伸延开来的宁静，我们可以同样
坐在雪地的深处，弥补文字或想象的风琴
再唱一首没有填词的歌曲。远在
千里之外的声音，让我们暂时拒绝
让我们凝视着叶片，在一阵天空的摇晃中飘远

第六首

完全不知道，接下来遇到的
是一道什么样的门槛，门内门外
横亘着一种什么样的距离，让我的脚步
生出无所适从的飘浮；完全不知道
接下来听到的，是一种什么样的声音
停驻在我耳轮里，辗转不宁地激荡、回响
或者干脆一片寂静，摩擦着我
内心的弦丝，让我在这暗示里
不断交替着惶惑与热烈，并长久地
咀嚼季节离开后的空白。那吞咽下去的
是一种什么样的迷惘，拱动在我
日渐习惯的沉默里——完全不知道啊
在接下来的日子里，我这忽明忽暗的心境
是否会在诗歌的底层，开出一片血色的花

第七首

让我弹奏一曲温柔的歌吧
这久未抚过的琴，让我先擦去
那层积厚的灰尘。你双手叠起
像房间一样安宁。冬天的光线
在感觉不到的变幻里渐渐昏暗

让我弹奏一曲温柔的歌吧
我们都不要理会，窗外形形色色的面孔
是怎样复杂地走过，人让人惧怕的时候
人也会让人感动，像这暂无声息的房间
我们坐着，面对着面，我感觉得到
你也和我一样，都深深被这昏暗里
上升的温情所打动。我缓慢地擦亮琴弦
你听啊，我这以更慢的速度
拨响的第一枚音符……

第八首

或者是一棵树，孤零零地兀立河岸
我目视着你，在一级级卵石垒起的阶沿上
时不时走动又停止。二月的气息
在河面上升起嫩绿的清凉
冬天还没有走远，这里的一切
仿佛还没有什么改变。你弯腰捡起一些什么
又随手丢弃一些什么，我都无法
在这远远的寂静的凝视里做出判断
或许在这样的早晨，你也会像我一样
在深深的静默里无言观望——这朦胧着
辽阔的柔情里，你也该看见
这是又一个春天将要来临，一切都在缓缓地
征服捂了一冬的忧伤和变质的霉味
整个河面雾蒙蒙的，把你和我裹入其中

第九首

你带着什么莅临我的窗前

季节已深，我的心萧瑟不已
窗上的玻璃，被你
用一只手指不停反复地叩打
我冷漠的内心深处，被你激起
一阵温热的回声。我隔着窗子凝视你
可我看不清你的脸，你的一切都模糊
也许你不是我的同类，不是一个实体
也许你根本就无法使用语言
和我简朴地对话。可你已打动了我的心
你让我想用冻僵的手指，去触抚你的肩
你的灵魂，然后再轻轻地
吻你。我推窗看见一缕烟
一个慢慢遁逸的、白颜色的幽灵……

第十首

如今我能做些什么？一间偌大的
空荡荡的房间，只有我一个人
无言独坐，往将熄的火炉里
添上一些煤块。冬天逐渐开始加深
冬天的雪，淹没我在大地上留下的足迹。
一些纷纷的乱影，在我怔忡不安的眼神里
恍恍惚惚地掠过——这便是结束么？
这便是历尽艰辛所要抵达的终极么？
雪在冬天里，冬天在人的生命里
究竟意味着什么呢？是否我已经到了
要把一切重新定义的时候
是否我已经衰老，已记不住曾经唱过的歌
是否我捡起旷野里的最后一枚叶片
要抚摸它的皱纹，并唏嘘地凝视？

第十一首

农历中冬至苏醒了，鬃毛甩动的北风
席卷这拢聚一团的城市。我的肩膀缩起
脚步加快地穿过行人渐稀的街道
我全部的神经因一阵莫名的紧张而绷紧
这时我茫然而躁动，这时我感到
一根鞭子在背后，让一只无形的手
紧攥着，用力抽打我羸瘦的脊背
这使我不得不把牙关咬紧，使我不得不
在疼痛中把脚步加得更快。但我不敢回头
让我恐惧的阴影一直跟着我，我听得见
阴影深处，岁月正辗转不眠地呻吟
它在我内心一再构成晕眩的可怕的威胁
令我不敢恻然回首，看那使我一再流连的季节
在北风的席卷里消失得无影无踪

第十二首

你现在要告诉我什么——
你深垂的眼眸，如藏着多年前的思想
这苍白的晨光，从你前额滑过
告诉我，在缄默不语的时空里
你唇边滚动的是些什么样的文字？
你封锁着它们，在一个人的岁月里
你以什么样的方式，储存起
在黑暗里诞生的语言？你以什么样的步履
完成一首越冬的歌？我在今天的日子里
也默祷一些遗忘的脸庞，会在

大雪不止的清晨走过怀念，我看见你眼睑深处
是逐渐剥裸的宁静。你告诉我啊
在每一个这样的早晨，我为什么要一再地沉溺？
为什么又一再忍住茫然的泪水？

第十三首

是什么在窗外聒噪？把早晨的被子从身上掀开
通往冬天的路，在门外如一条弧线延伸
我们都一声不响。我忽然感到难过
看你收拾房间的每一个角落——是最后一次了么
我们都无话可说。一团白色的梦
弥散在渐渐不安的空气里，这深长的意味
沉郁而苍凉。再不要梦见什么了
不存在的一切，那样无情地挖过我们的心
守望的季节，一个个嬗递
我们失血的手中，滑过又一个秋天
我们经历的，是一场怎样的人为的悲剧
这悲剧也许是永恒的，如我走出去
通往冬天的路上，一列疲惫的老树
周身挂满晶莹闪烁的露水，或者叫作泪水

第十四首

我看见了你们的舞蹈，树的精灵们
我看见你们的手臂牵在一起
在一阵神秘幽香的缭绕里来回歌唱
你们的头发都淌着露水
一场雨刚刚过去，你们的声音
在林间散发的醇清气味里

发出摄人心魄的魔力
——你们是一群紧密的精灵啊
你们是多么自由！ 我看见你们的舞蹈
无拘无束地纯粹，颤栗着我忧伤的思绪
就让我进入你们的中间吧，谐和的精灵们
让我伸出的手臂，和你们牵在一起
让我随着你们一起舞蹈，让我的整个生命
都来感受这旅程中片刻的、狂喜的轻松！

1990 年 12 月至 1991 年 1 月

保存的记忆（组诗）

如今当我回顾6岁至9岁的生活时……

01. 早晨

那是我喜爱的第一个冬天
早上起床的时候天已经亮了
我没听见雪是什么时候化掉的
窗玻璃上蒙着厚厚的雾水

我把一口热气呵在玻璃上面
在它的花纹里，我常常画出一些脸庞
——六岁的手指是一个艺术家吗？那个早上
我画出一条尾巴，它跟在威武的狮子后面

当太阳笔直地穿过玻璃，那头狮子
已经走开，我靠近窗口的脸一点不觉得寒冷
在外面，许许多多树枝伸向天空
它们光秃秃的，有着我无比喜爱的黝黑

02. 成语

哥哥比我多念出一个成语

他获得爸爸的奖励
一本从抽屉里拿出的书
封皮陈旧，一定是被经常地读过

现在爸爸又一次把它打开
很多句子我还弄不明白
可我喜欢爸爸朗读的声音
哥哥不再看我，月亮渐渐升过窗台

屋子里的光线越来越暗
妈妈走到墙角，把煤油灯的灯芯拨亮
一只蟑螂忽然爬到椅下
我有点惊悚，可没想到要把它打死

03. 绘画

小学三年级的时候我画出一群海豚
它们在深蓝色的海底摆动尾巴
过来袭击的鲨鱼好像还没有长大
可战争变得激烈，泼出来的味道越来越咸

“你的颜色不准”。在我调色板上
美术老师挤出一管深绿，可我觉得
我是正确的。他没有注意到我的脸
我看着画面上的底色变成了暗淡

过了许久我都没有把它画下去
教室里忽然变得空荡。后来我明白
我是错误的，当我的年龄慢慢改变
地球仍在转动，为了增加我的认识

04. 葵花

怎样让三楼的喇叭花黯然失色
我到外面挖了一花盆泥土
当它成为一颗葵花籽的栖居之后
一个葵盘变得硕大，在一夜夜的星光下面

它破土的声音让我激动不已
一个细小的芽尖是非常大的奇迹
三楼的喇叭花又开了两朵
我把茶水和蚯蚓一起倒进花盆里面

当太阳把脸俯入天井，其他的花朵
无动于衷。我一直凝视着它
看着它的脖子在随光线扭动，我并不明白
它深藏一个什么愿望，那么固执、那么倔强

05. 春游

一座山是比学校大得多的世界
挨在一起的叶子一直伸到了天空
几只鸟在树叶间飞过，其中的一只
忽然停在树上，嘴里衔着挣扎的虫子

不管发生什么，我们的眼睛
都在好奇地注视，没有人心怀不忍
青苔把没人走的石头盖住，密林里的世界
可能更加自由，但没有一点温暖

班主任让我们在一个坟墓前观看
他说下面埋着一个斩首的烈士
——他三十年前就死了吗？我想着他在电影里
从船板跳上码头之时，年轻得还没长出胡髭

06. 图书

图书室就在楼下，那时
每天中午会有一个故事
把我吸引到这里的一张长椅上
我相信我读到的是真实的事情

古代的盔甲就是那些精致的线条
穿着它的人骑在一匹马上，他执着枪
在一个夜晚攻陷三个城池，天亮时
他抽出佩剑，扭头向后面的士兵呼喊

我希望我就是他，让马蹄
把尘土溅到没有扣子的战袍和脸上
可图书室没人说话，一个抿着嘴的呼吸
不知道外面的阳光已更加毒辣

07. 蚁窝

跟着一只蚂蚁，我想找到它的窝穴
可它一点不想回去。于是一只苍蝇
在嗡嗡里成为诱饵——它的身体休息之时
红色的脑袋在蝇拍下裂成了两半

侦察的蚂蚁在嗅过后离开，它的奔跑

不是直线，但仍一下子快了几倍
我的眼睛变得紧张，我一点不能理解
我接下来要做的事情出于什么样的驱使

——当它细小的身体拐进墙角，我用一只
装过药水的小瓶，满满地淹没那个洞穴
一大群乌黑的脑袋从水里面爬出，它们的恐慌
使我感到快乐，怜悯在那时，离我还非常遥远

08. 老树

我一直不知道那棵树的名字
在秋天，会有很多喇叭形的花朵
从变疏的树叶间往下掉落
屋前的空地上，会一夜间变成淡白的紫色

我一直渴望爬上那棵树顶，但它
太粗大了！当我摸着它起皱的身体
像是摸到一层老化的鱼鳞。后来我不再有机会
看到它长出下一年的花朵——

在那个早上，一阵砍伐的声音把我惊醒
我出来时，树已运上一辆板车。我看着舅舅
他蹲在泛白的树墩上抽烟，脚旁的斧头
还沾着闪耀的木屑。天空在瓦上，豁然铺出很远

09. 水井

映在里面的是一小块天空
当它开始摇晃的时候

是一个木桶猛然砸在它的脸上
它需要很长一段时间，才重新恢复平静

隔着几步，我小心翼翼地朝下面窥看
我的确有点害怕，舀不完的水
在井壁碰撞出清澈和神秘的回响
好像下面躲藏着另外一个世界

我不明白是什么吸引着我，在一个
没有人注意我的午后，我趴到了井沿
我看见我的脸躺在井水上，只是一个影子
阳光的斑点扑闪着，每一块都沉不下去

10. 麻雀

天一亮我就听到它们的叫声
开始只是一只，紧接着就是第二只
它们的声音异常尖细，像一枚针
在进入我耳朵的时候，一点也不疼痛

我知道它们就住在外面，在那堵
非常高的墙上。一块灰砖裂出一个洞口
我随时都看到两只麻雀，从里面飞出又回去
黄昏时它们就站在洞口，休息着眼睛和羽毛

但那个早上，我看见站在洞口的那只
变得十分弱小，它对着天空不断地鸣叫
于是离开的麻雀回来了，开始只是一只
然后是另一只。“有三只了！”我差点喊出来

11. 动画

那男孩的名字就在片名之中
他突然变小的时候有鹅群飞了过来
一个又弯又长的脖子把他驮起
他在高处俯瞰着整个地球

很多地方的河流从山冈上越过
但在闪动里只是一些线条与污点
在草丛变得茂密的地方，那只狐狸
又仰着头跑出，发出一些可怕的誓言

当妈妈过来把被子替我掖好
我不知道它们现在飞到了哪里
最后变小的翅膀张开一个悬念
湖泊与森林，要到下一天才能看见

12. 屋顶

在上面，倾斜的瓦一直排到顶端
但也有几块玻璃，在瓦片的中间铺盖
阳光就穿过那些玻璃进来
房间里会一下子明亮很多

我不认识的矮草就在瓦缝间伸延
在那里，会有蚊蝇团散着展开翅膀
偶尔会出现一条蜈蚣，它钻过去的时候
有着非常快的速度，使我来不及闭上眼睛

最好听的声音就是雨在瓦上的击打
在那个时候，屋顶上会出现一个人影
他在修漏时弄出“哗啦”的声响
于是雨水顺着瓦缝淌下，不再滴入屋中

13. 初泳

在沉下去的时候我突然感到惊慌
姐姐把气憋足了，于是我看见她
用力游向爸爸。爸爸站着的地方
并不很深，河水只涨到他的肩膀

使我站不稳的力量，我不知道
是来自哪里，河水舒缓地展开自己
它撞击着我，一点不认为是个障碍
它刚才淹没过我，我更加感到害怕

“再试一次！”姐姐十岁的眼睛
对我兴奋地眨闪。她被爸爸扛在肩上
在他们身后，太阳正从树林中落下
这条河，它要流到太阳也没去过的地方

14. 故事

有森林的地方总是有一头恶狼
它的尾巴又沉又重地拖在地上
树枝和树枝的手臂牵在一起
它一沉腰，就钻过这绿色的障碍

猎人总在最后的时刻出来，他必须

先挖好一个陷阱，再眯起眼睛观察
直到那个戴红帽子的女孩开始呼喊
她篮子里的鸡蛋增加了大地的润滑

等到狼掉进了陷阱我才松一口气
在无数次的重复后依然如此——
因为总是有想象让我扮演自己的角色
我在那个森林里，握着弯刀或者弓箭

15. 规则

砖头在十步远的地方竖起，我手里
拿着一块更小的砖头，在瞄准之后
石头从我手中投掷出去
它在半空划出的弧线急速而美妙

伙伴们关心的是最后那个瞬间
他们蹲在那里，有几个站起身来
当竖着的那块在猝然间被击倒
定好的规则会让我往前再进一步

后来我明白，和规则在一起的
是所有的游戏。但那时我不会去想
我捏紧的只是很小一块石头
我扔出去，以为倒下的会是整个世界

16. 石碑

它一直就站在堂屋外面的墙角
低矮的外形有着缺掉一角的丑陋

可我再没发现其他的石头
摸上去会有它一模一样的坚硬

几个很大的字刻在它的凹处
我一个也不认识，我喜欢的
是它靠在墙上的粗影
我贴在那里的手慢慢觉得阴凉

当它的脸被慢慢抚摸得光滑
它粗砺的部分会秘密变得温暖
可这里从来就没人注意过它
我蹲在它面前，也没人注意过我

17. 蜘蛛

我看见它的时候它正在结网
在屋檐和瓦缝间跑来跑去
当阳光进入那里，它吐出的蛛丝
晃动出细小的、非常亮的光泽

我那时已经明白，它要建立的
是一个什么样的世界。我在一张
有椅背的木凳上坐着，那些飞舞的苍蝇
我等着它们扎进那个柔韧的中心

当灯光在屋子里亮起，我等候的捕杀
始终没有出现。第二天我看见它
在网的中央休息，混凝土院子的地上
那张网投下来的影子，已坚硬了许多

18. 种植

那天，十一株很小的树苗运到了学校
跟在车后的是一些脏脸的大人
他们的手扶在板车两侧。横卧的树苗旁边
堆叠着他们将要使用的铁锹和水桶

在每一个平整的树坑挖好之后，他们
把那些沾满泥巴的树根笔直埋到下面
挖出来的土，重新铲入了坑里
把那些土拍实之后，他们又浇上几桶清水

以后的日子我们都在等待，可那些树杆
总是没有变化。当第一个暑假结束，我在教室里
看见很宽很宽的叶影，被阳光投到课桌上
它们在我的惊奇里晃动，好像要我伸手抓住

19. 蝌蚪

从河边把它们捞回来
我看着它们在瓶子里游来游去
引导方向的尾巴十分灵活地摆动
有时又会忽然停止，笔直地沉到瓶底

在足够长的时间之后，那些
像种子样的身体渐渐开始膨胀
当它们细小的腿从尾巴两侧长出
我在瓶子里放进一小块浮木

当它们爬上去，腿里面好像有了力气
直到有一天，那块木片开始猛烈地摇晃
我没看到它们的眼睛是什么时候长出
蹲在那里的黑点有了一块粗硬的皮肤

20. 乘凉

傍晚，外婆在她的扇子里
为我们摇出很多故事。最后的光
从她的头发上慢慢抚过去
后来，树上的叶子会覆盖掉她的声音

伙伴们到院子里来叫我
从这里出去，每一个台阶上
都有升起的月亮投下它的影子
几只鸟会从屋子和屋子中间飞过

外婆一直坐在那里，她手中的扇子
越摇越慢，但她会忽然起身叫我
那时，我们吊入井中的汽水已变得凉爽
星星在天上，蓝得像一个海洋

2004 年 7 月至 8 月

奔涌的黄昏（组诗）

在这些时刻里，我学习安静，在安静中聚集一切精神力量。当时，我比我生活中的任何其他时刻都更加需要精神力量，因为尾随这些日子而来的夜晚，充满了令人恐惧不安的危险。

——埃利亚斯·卡内蒂《获救之舌》

1. “在你的面孔后面……”

在你的面孔后面，
一个名字闪烁。
一片越来越远的光束，
像出去的箭，在浓稠的黑暗里蠕动。

大地用什么把此刻抚育？
密集的雨打湿一个山丘，
每一块岩石都把自己抱紧，
骨头里的磷火，越来越暗。

你凭什么在这时候出现？
一个没有任何脚印的地方，

像游蛇从草丛间滑过，
当黄昏把整个宇宙席卷……

2. “我现在做好了准备……”

我现在做好了准备，
我把手中的书卷放下，
面对那个从窗外逼近的世界，
仿佛我等待的就要现出身来。

墙壁在逼近里加深它的晦暗，
如同一面从灰尘里取出的镜子。
它什么也都不再映照，
簌簌灰尘，还没有想到过掉落。

你在这时候到来，
惨白的闪电在乌云里翻卷，
我蓦然间认出你的面容，
仿佛认出岁月，在旷野里无穷铺展……

3. “仿佛你在沉思……”

仿佛你在沉思，用手缘
扶住倾斜的额头。
这样你把自己的面孔挡住，
怜悯的钟声，在大地回荡。

不出声的树木仿佛忍耐。
你周围的每一把椅子，
曾经一个个坐满了观众，

现在已没有人愿意倾听。

像没有人肯把耐心，持久地
为你付出。你挡住自己的脸，
像一块石头，在羞怯的位置上，
喷涌一个无人看见的天空。

4. “星辰变得暗淡……”

星辰变得暗淡，仿佛从来
没有人在下面把它仰望。
我突然觉得疲惫，
笔尖下的白纸，也蓦然一阵颤栗。

——是墨水的血液开始流淌，
仿佛肌肉，被刀子用力划开。
又一次，我几乎忘掉的痛楚，
在突然间进入每一根骨骼。

如同江流，突然间进入
一个澎湃的汪洋。亿万颗星辰，
在汹涌里恣意起伏，
地球仍在转动，围绕它孤单的轴心。

5. “我试着向你走近……”

我试着向你走近，
但障碍物不肯挪动位置。
它们一律沉默，
像泥土里的蚯蚓，凸起固执的关节。

密布在天空的彤云渐渐散尽，
仿佛你什么也不曾留下。
每一条道路在迂回里，
渐渐变得沉寂，除了凉飕飕的微风……

只有微风真正接近了你！
它弯曲的骨头贴在你的背上。
仿佛经过星空间浑浊的跋涉，
再一次抵临真实的自己。

6. “从前的日子反复出现……”

从前的日子反复出现，我突然感到
我什么时候见过你。
你就在我旁边，隔着一条手臂，
它是一条界线，无法越过。

你迈动的步履如此缓慢，
仿佛没有任何人在旁边跟随。
你的影子笼罩我，
它俯压而下的重量，默无声息。

我今天仍感到它的力量，
从一个隐秘的缺口奔涌而出。
仿佛大地的嘴唇张开，
将一股灼人的热浪喷吐！

7. “当旷野熄灭……”

当旷野熄灭，人类的灯火

一盏一盏亮起。
我仍然看到矗立的阴影，
在吹拂里不肯倒下。

眼前这条道路，逐渐发烫，
但却看不到一束火焰！
寂静在每一个角落铺开，
一只水罐都有大地的轮廓。

——它甚至装有灵魂的激动！
在我屏息的注视里，
旷野的风，低低地喘息、抑制，
但又蓦然间开始舞蹈，在四面八方。

8. “你在沉寂里不发出任何声音……”

你在沉寂里不发出任何声音，
盘旋着的天空也愈加沉寂。
碎石在脚下铺满，每一块都有
令人生痛的尖锐。

我感到自己累了，
某种否定，在内心隐秘地滋长。
仿佛这微茫，只延伸着自己，
不肯去笼罩活的生灵！

可我知道我在活着，
为每一个付出，累积代价。
我用这代价回答着你，
它的眼睛注视着，破裂和裸露。

9. “有人在远处呼喊……”

有人在远处呼喊，但那绝不是你。
尽管你的声音，
曾经铺满这个世界。一块一块石头，
迸引出它们敬畏的回声。

你好像突然没有了音讯。
太阳退隐了，慢慢落到山后，
会有什么样的变化呢？
天黑之后，世界没有了支撑。

但我听到你的呼吸吐纳，
在平静里犹如奇迹。
它穿过睡眠醒来，一阵秘密的痉挛，
刹那间布满我的耳郭！

10. “这仅仅是你的边界……”

这仅仅是你的边界，
你在这里出来，也仅仅
是你的影子拖在地上，
但每一个角落，都有血样的殷红。

这殷红弥漫着，速度越来越快。
轻雷在远处炸响，
仿佛是另外一个天宇，
也开始寻找对局限的突破。

于是那里，
也被你的丰盈铺盖，
微风习习流淌，我身边清凉，
已没有滚烫的落日！

2003 年 6 月至 7 月

山居或想象的情诗（组诗）

> 这种生活你从未了解过，
> 这种生活你曾由衷地渴望接触。
> ——【以色列】阿摩司·奥兹

第一首

在人烟稀少的山谷卜居，你可以看到
远处是雾，身旁是花。在我们中间
泥土升起温热的气息；泉水清凉
从远处流过，我们只听见它的声音

这一切已经够了，你去林中远足之时
我就在靠窗的桌子上写诗，直到鸟群
在太阳落下去的山头飞起。当你带着
整壶泉水回来，鸟声已经布满了屋子

第二首

你忽然说，松涛会不会把我们淹没？
听到这句话时我不由笑了。但是松涛
果然越来越近，而一眼能在窗口
看见的月亮，反而离我们越来越远

它是不是发现了更高的地方，只给我们
留下树叶和带缺口的山巅？当它真的消失
我们就看着天空——这块天堂的地板
在松针的戳刺之下，漏下来很多的星光

第三首

你每天不要走得太远，走得远了
我会担心找不到你，我会一直走到
分岔的林间小路。风在树叶上走过的
足音，会让我忘记我为什么来到这里

当不知名的动物在树后一闪，它提醒我
要喊出你的名字，我双手拢到嘴边，我的声音
立刻就在林间和山谷碰撞。那一刻我多么害怕
我把这寂静的山谷，又变回到熙攘的人间

第四首

在随便哪块石头上，我们都可以坐下
坐下了，我们就要坐得久一点
照过来的光线像一根根琴弦
我们不要碰它，它会慢慢拨响自己

我们就坐在石头上倾听，越久
我们听到的声音就会越细、越薄
越需要耐心。坐久了，我们就会亲耳听到
月光如何把它替代，即使流水在一直轰鸣

第五首

下雨的时候一定要走出门去
树上的每一片叶子都蓄满了水
你伸手把其中一片稍稍拉动
上面就流下来世间最小的瀑布

——它同样有着飞快的速度
从叶子的山顶一泻而下，它撞过我们
身体的每处圆石和峰峦。现在你听
满山遍谷的雨，都是它撞击后的回声

第六首

有时候动物会来看看我们的生活
譬如那只松鼠，它从一棵树上
跳到另一棵树上。哪怕最晴朗的日子
它也只是跳来跳去，从不说些什么

后来它不来了，我们就在窗子前等候
不知不觉中，我们会忘记为什么坐在窗前
好像我们等待的不是松鼠，而是一种凝视
在我们回忆里，闪出人所没有的温存与善良

第七首

你把野花抛向深谷，那些在半空
散开的花束，很像你解开一条紫色的围巾
这些野花，是我们一路采来

再细致地扎好。现在你抛出它们——

你的力气往上，但它们很快就落下来
在彼此的抱紧中，它们突然散开，沿着风
散落，直到落满我们脚下的天空。它们最终
将落到我们到不了的低处，代替我们到达

第八首

在林子里走过之时，我们同时听到
一阵时断时续的声音传来。我觉得
那是一个伐木人在里面伐木；不对
你说，那是啄木鸟在啄树木的声音

当我们一直穿过林子，路上没看见伐木人
也没在哪棵树上，看到一只站着的啄木鸟
我们回过头看见，太阳强硬的光，正捶打
树叶，它要把每一枚树叶，都锻打成黄金

第九首

你说你累了，累了就去睡一会儿吧
在这里，只有落叶和流水才是时间
——落叶落满了山坡，流水独自
流向外面，我就一个人坐在窗前

这时候我就什么也不想，这时候我就只是
长时间看着窗外，几只吹口哨的红雀从远处飞来
它们落在我们屋前——那堆劈好的木材上面
那些木材，堆在那里后，就一直散发睡眠的香味

第十首

在这里，还有很多地方我们没有去过
譬如对面的山坳，总会有阵烟雾升起
那里是不是有人居住？但去那里的路
非常遥远，很多个狭谷拦在我们眼前

当那些烟雾又一次升起，我们往往
就不约而同地相视一笑。而山谷里的风
会把那些烟雾向我们吹来，我们身旁的树
在烟雾吹到之时，就发出热烈的响叶之声

第十一首

当你在树前凝望远处之时，我就站在
你的身后。你要凝望一些什么呢？
很长时间你都一动不动，在你脚下，你的
影子，渐渐向我移来，爬上我的脚面

而我一直站着，我没有去看远处
我只看着你的背影。在辽阔的空间里
你站成了整个山谷最独特的一部分
而恰恰是这个部分，它就要将我温柔地覆盖——

第十二首

有时候，我会在深夜的屋前点起火堆
我们就一起坐在火边。但你和我
要背对着火，这样隔不上多久

我们就能听见树枝发出突然的噼啪声

这声音短暂、细微，它每响一次
火焰就会缩小一点，当它终于熄灭
整个山谷变成一片幽暗，但是蛙声忽然
起伏，使我们的脸庞又渐渐开始明亮

第十三首

去对面的桥已经断了，我们得涉水过去
这水里有一块块石头，我们就从石头上
赤足走过去。这些石头清凉，流水整日
刨过它的表面，现在它露出淡红的色泽

我们不由惊异地蹲下身子，这些流水
漫过我们的脚跟，站稳了吗？你看我们的脚
在水漫过去时像在晃动，而我们凝视的石头
也像在动起来，恍如它就是流水活着的心脏

第十四首

起风的时候，整个山谷矮了下来
在风的喉咙里，像是躲着一个喊叫的人
他首先压低坡上的草；后来，山顶的一棵树
也倒了下来，一些石头从高处猛然滚落

这时我们在安静的屋子里，一个滑冰的人
在墙上的画上系着围巾，在水快要烧开之时
你点亮房间的灯，桌子上，躺着一本诗集
除了我们的手，风翻不动它的任何一页

第十五首

那天，你忽然看见树上有一个鸟巢
构成它的树枝，一根根层叠，围成一个
结实的圆形。我们仰头站在树下
不出声地听了很久，里面没发出任何声音

那些鸟出去了吗？你问我。是的，它们
已经出去了，它们现在飞在很远的地方
但等黄昏来临，它们就会从很远的地方飞回来
当星星开始闪烁，它们就会亲密地挤在一起

第十六首

早晨我总要出去走走，这时候天色朦胧
整个山谷被浓雾裹在里面。每一条稍远的路
几步外就看不清楚，偶尔几只鸟在树叶里鸣叫
一些露水就在这鸣叫里滴落，浸透我的头发

当太阳出来时我就回转，远远看去，房门还是关着
雾水正从窗玻璃上散去；我的脚步放轻了，好像
我面对的是一幢从来没有人居住过的房子
但我知道，这里面有双眼睛，或许正在醒来——

第十七首

在我们屋后，夹竹桃开了，在它披针形
三片一组的叶子里面，站出来四朵白色的花
它直立的花萼打开有些抖动的瓣叶

看上去它就像一朵天空中的云落到这里

你长时间蹲在它旁边，你的样子
就像从来没有看见过这样的花，你始终没去触摸
它的任何一片叶子，可就在你去闻它的那个瞬间
好像阳光也因为惊心动魄，刹那间落满了山谷

第十八首

转过一个斜坡，有座寺庙出现在半山之中
它白色的围墙在绿叶中显得非常夺目
我们不由停下来。通向寺庙的路，贴着岩壁
延伸，一级级台阶，干净得像是没有人走过

我们沿着它上去，越往上，地上的落叶就越多
庙门前有个僧人在扫着落叶，他看了看我们
又低下头，继续在落叶上扫出一条通往庙门的路
他每扫一下，整山的落叶就都沙沙地响上一下

第十九首

你要在纸上画些什么呢？整个山谷吗？
但换一个角度看，它就变成另外的模样
它变成另外的模样了，我们仍然非常熟悉
门前弯曲的小路，会迅速地沿着山坡直立

可在这条路的上面，你只画下倒伏的青草
当以后有人看着你的画时，会肯定地说
那里有一条小路。是的，那里确有一条小路
我们无数次走过那里，它现在被风盖住了

第二十首

到我们离去的时候了，我们什么也不要
从这里带走——让每一块石头都留在原处
每一只鸟都站在树上，但有一些鸟仍在天空
伸开着翅膀，像风在它们腹部剖出一丛羽毛

我们什么也不要带走，路上这些或白或紫的野花
仍一年年长满整个山谷；这整片整片草坡
也一年年变黄，再由黄变绿，只有这流水像极了
我们——它流出去了，仍把干净的源头留在这里

2008 年 9 月 16 日夜至 27 日凌晨

简单和缓慢（组诗）

01. 阴雨

阴雨连绵
不断敲击大地
好像要大地
也发出它的声音

大地会有什么声音
我仔仔细细倾听
在无人的时候
在隐秘的时候

我听到的声音
有时候连绵，有时候静止
因为没有其他人听
就只我一个人听到

有时我听出是忧伤
有时我听出是幸福
它到底是忧伤还是幸福
我用沉默，一直听下去

2013 年 12 月 17 日

02. 等

你等一辆车
那车子或许不来
你还得等下去

我也在等
我的等，非常缓慢
我想我爱上的都是缓慢

缓慢地写作
缓慢地等你
缓慢地取得我自己的平衡

日子一天天飞快
我躲在我的缓慢里
我的缓慢已变得纯粹

2013 年 12 月 17 日

03. 轨迹

沿着那条轨迹行走
我们的脚印并排
没有人看见我们
我们也不想看见别人

我想走得更远
更远的地方是块夜幕

我想夜幕笼罩我们
那样我们就找到彼此

当摸索变得有力
当寻找的已经找到
我就想把说过的话
再说上一个晚上

把一个晚上当成出口
我们就能得到一个永远
在黑夜摇摇欲坠时
一把光亮，会塞进我们手里

2013 年 12 月 17 日

04. 我看不到你

我看不到你
尽管阳光强烈
看来阳光没起什么作用
它只独自旋转自己

我的影子很长
它覆盖一条街的宽度
但更多的影子把它覆盖
我也就看不到自己

我更加看不到你
那么多影子重叠、晃动
那么多人相爱

然后失去彼此

我继续走，继续走
走到没有阳光的地方
走到没有他人的地方
我的影子，将是无边的黑夜

2013 年 12 月 17 日夜

05. 你的笑

有什么要说的吗？
你只是笑一笑
好像笑，就是你的回答

我渴望更多的回答
我迷惘过很久
现在又有更多的迷惘

我清点我的拥有
但只清点出我的失去
清点出我的割舍

升起来的黑夜
升起来的孤独
曾是我爱过的一切

你是不是在洞悉我？
我看着你的笑落进时光
像羽毛被吹起，缓慢地飘

2013 年 12 月 17 日夜

06. 甜蜜时刻

回忆一些时刻
回忆一些歌声，曾在你耳边响起
那或许是你的甜蜜时刻

公园在黑暗里透出轮廓
地上的树影像羽毛
没有任何重量

有重量的是呼吸
它在你耳边响起
当一首歌唱完之后

街道逐渐变空
只剩两个人在走
他们把所有的街道踢开——

当一切随时光飞逝
还在回忆里涌起的甜蜜
便是那些时刻，在千里外闪烁

2013 年 12 月 13 日

07. 我看一幅画

我看一幅画
但画没有吸引我
尽管我在长久地看它

我看的早已不是它
我的眼睛在看
我的思绪已经游离

我需要一种拯救
但不是艺术的美
艺术的美不再对我有用

艺术本身并没有错
只是它的力量不够
我现在需要的已经大过艺术

我知道我需要的是什么
它和一头野兽有关，那野兽
正从我的深处站起，凶狠地吼叫……

2013 年 12 月 20 日夜

08. 摇滚时代

那不是我的时代
那时我还年轻
那时我以为摇滚就是摇滚

现在很少有人唱摇滚
因为不再是摇滚时代
谁也不知这是个什么时代

我偶尔遇到这个场景

火焰、吉他。埋头唱歌的人
在唱他的爱和怀念

他真那样爱过吗？
当他抬起埋在胸口的脸
我惊讶他还如此年轻

哦，他唱的也不是他的年代
但他继续唱，我也继续听
我们都有不知从何而来的怀念

2013 年 12 月 21 日夜

09. 雪

我记得那些画面
很多天使在飞
天使们都是男性

地上只有一个女人
她仰起头看
雪掩埋住她的红色靴子

那些有翅膀的男人
全部从她头顶飞过
没有一个降落下来

全部的雪
掩埋全部的树林
掩埋全部的道路

女人看着他们飞远
终于从雪中拔出靴子
雪中好像出现块纯粹的血

2014 年 1 月 6 日夜

10. 夜行火车

在夜里开过的火车
带来突然的呼啸
像是在召唤什么

我不禁抬头
聆听它的开过
它的声音非常刺耳

车厢里的人
我无法看见
他们此刻的表情

他们要去的地方
我永远不会知道
我的恍惚，像是一种别离

我久久凝视远方
远方不过是片黯淡
我此刻品尝的，正是这种黯淡

2014 年 1 月 7 日凌晨

辑三

纪念

纪念（一百首十二行）

我要通过你看世界，因为这样我看到的就不是世界，而是你，你，你！……

——里尔克

01

在一万座山的后面
是凛冽的城市，我到达时
天色尚早，我心里拥有的平静
是积雪下的草丛，它们
都在顽强地等待。我的影子
投在铲起的雪堆一侧，一个太阳
垂放在另外一侧。那么多人走过
没有人发现太阳在惊奇
我逐渐放慢脚步，一条大街的车站
人群里一个抬起眼睛的女人
她站在那里，像去年的回忆
只有我，看见她从回忆里涌出的微笑

2014 年 3 月 5 日

02

我吻你太少，你就已经离开
我留在这里不断沉思
日益干涸的水面，暴露出
三分之二的河床，树枝坼裂
惊起眼圈绒白的鸟，它们
一旦起飞，就不打算停在
满身皱纹的石头上。远方太远
渴求太近，一如我想说的太多
说出的却又太少。有时候平静
等于看不见的汹涌。我在石头上站着
然后蹲下。我的理想就是平静
那些鸟飞回来，又画个圆圈飞走

2014 年 3 月 6 日

03

那天我听到你哭，这非常意外
因为你总是在笑，好像没有
被生活击打过，尽管我知道
没有人逃得开生活。生活就是
我看见的桌椅、餐具、书籍
水管、电脑、台灯，以及
我看不见的旅途、风雪、伤痛
沉思、幻想、孤单、无穷……
它们挤在同一间房——每个人的
内心。生活本身，不会对此

表示惊讶。我感到惊讶的是你
竟赋予我唯一的特权，倾听纯粹

2014 年 3 月 7 日

04

没能陪你走得更远，仅仅是
这个城市太小，或许整个世界
也不是太大。原谅我总是喜欢幻想
总是忽然就会走神，所以
我总觉得你也在忽远忽近
就像太阳照出的光线，它到了
我们脸上和身上，可它还是很远
有谁能测出远和近的距离呢
那天我在街上，迎面看到镜子
在我身后的人，我立刻看到他们的脸
这多么平常，又多么奇怪。我的脸
你看不出变化，但它早已经历了变化

2014 年 3 月 8 日

05

我把日子分门别类——左边是
有你的日子，右边是没有你的日子
有你的日子屈指可数，没你的日子
占据我的半生。但多么奇怪
越是少的日子，越是站在
把天平压下的盘子里。我忍不住

把少减成更少，把更少减成唯一
你给我的都是唯一，唯一一次回头
唯一一次凝望，唯一一次泪水
无法再深地弥漫过来，直到把我
淹没成今天的沉默。我抬起头面对自己
我发现我在沉默里，终于爱上了少

2014 年 3 月 9 日

06

还是不想象你今天的样子吧
你留给我的已经很多。我知道
你那里很冷，知道你的睡梦之外
又下了整整一夜大雪。不去想象
你今天的样子，并不是我就忘记了
一种类似永恒的感觉。很久以来
我已不再相信，它还会降临到我的
体验深处，仿佛我从岁月中折身而返
竟没有人将我沿路阻拦。于是我目睹
我的影子在时间中晃动，我的等待
竟然同时拥有过去和未来，我不由
惊奇我的感受，像惊奇上帝和永恒

2014 年 3 月 10 日

07

街上已经没有你，就像你
从来没有来过——你来过吗？
有时候我觉得，所有的街

都是同一条街，街上的人
我全部不认识，又全部留给我
交叉时的确认——我认识了你
也就认识了他，我认识了他
也就认识了自己，我承认这就是
我辨析世界的方式，世界为所有人
铺开偶然和瞬间，我从中发现的
是时间和时间里的脸，它从深处
浮起，像你，从我的颤栗中浮起

2014 年 3 月 11 日

08

我还是习惯熬夜，还是习惯
在最无人的时刻观察我自己
我总是发现自己的可笑之处
也总发现自己像紧张的猎物
东躲西藏。说不清我在害怕
什么，说不清我在挣脱什么
或许生活，从来就不肯给我
最后的答案。我奇怪为什么
我要一个预先的回答。当你
出现，当你消失，当你慢慢
交出一个凌晨和永夜。世界
我终于明白它对一切的接受

2014 年 3 月 12 日

09

总以为离开就是结束
实际上不会有离开，也不会有
真正的结束。记忆的鸟群
总在沉思的树枝上跳跃
当我无法判断，哪只鸟是你的
声音之时，我就把所有的鸟
都看成是你。沉入沉思的树枝
一天比一天茂密，我会忘记
它从哪里长出，如同我忘记
你最初从哪里出现。现在我独自
从一个季节到另一个季节，我目睹
至少两百个太阳，在沉思里沉落

2014 年 3 月 13 日

10

有一种境界我很想抵达
它在高处，被看不见的风吹拂
风带给我平静，我感到我内心
充满水一样的闪烁——但这是否
可能？依靠这些诗歌，我渴望
被它引领。在日子的陡坡上
我太想一鼓作气，将一块石头
推到山顶，转眼间它又滚下
在空气里激起漩涡。我开始等待
一次又一次绕开绝望如一片帆

绕开海岬，海平线上，浪花
簇拥太阳出现，我知道我在等待什么

2014 年 3 月 14 日

11

还想再见到你，这是我很少
对他人表达的愿望，就像我冒险
向永恒前进，却很少直截了当地
对人诉说。我知道生活中的
理解很少，埋伏在周围的秘密
又多得难以觉察。所以我总是
一次次选择沉默，好像只有沉默
不会动摇我的心灵。我知道我的心
不过拳头样大小，但它还是渴望
能容纳整个世界。我每天听到它
在胸膛深处跳动，像永恒，在世界的
深处跳动，也在你的深处跳动

2014 年 3 月 15 日夜

12

很多年以来，我总是体会
一种奇怪的感觉——世界和我
没有任何关系。它像是从不管我
我也不去理它。我和它总是
背靠背地凝望各自的方向
更奇怪的是，我像是知道它

看向哪里，但我从不想让它知道
我看向什么地方。有一天它忽然
拍拍我的肩膀，说你在它看的方向
我不由一惊，赶紧转过身去
于是我看到我从没料想过的一切
更没想到，从此我改变了我的人生

2014年3月16日夜

13

你和我相隔很远，像是中间
生长出整整一个光年，但是幸好
那并不是真的光年，看上去
距离只是个逐渐缩小的黑点
坚硬，而又固执，它慢慢
敲打空间的每层断面。那些
激烈的回声，在我耳膜里震荡
仿佛一口巨大的钟，被不断
撞击。空气猛烈地波动，如羽毛
飞散，甚至我感到，整个地球
也在这撞击里震动，但是地球
仍是慢慢旋转，我仍在静静倾听

2014年3月17日

14

时光总是显得漫长，每一天
都像没什么变化，但变化
还是在来临——譬如我的眼睛

喜欢上长时间的凝视，尽管
我说不出我在凝视什么，旁人
总是说你变了——我真的
变了吗？是的，我承认我变了
就像这日子，就像这时光
就像这越来越需要阐释的世界
始终不给出一个明确的定义
稳住我们的内心。但是我真的变了
通过你，我认识了永远不变的变化

2014 年 3 月 18 日

15

有时候，我会虚构你的经历
它们有的属于悲伤，有的属于
欣喜。我惊异我会沉迷你的
悲伤——那些你从未说过的一切
都在我虚构里独自漂流。我不禁
继续虚构——有人在漂流里
爱你，也有人在离开你。岁月无穷
终生相爱的从来就少。爱上你
就意味挽留你，但没有人
挽留你，你独自到更远的地方
那正是我结束虚构的地方。在那里
我将触及你，像更大的漂流裹住你

2014 年 3 月 19 日

16

那天我疲倦了，躺在沙发上
(你会见笑我那个样子吗)
太阳还在窗外，光线走进来
在地板上扔下窗户的影子
我看着光线像看着你——这是
非常奇妙的过程。我不知道
什么时候你变成了光线，或许
你一直就是这些光线，惊动起
灰尘和空气，惊动我隐秘的思想
我看着我的思想移动，像看一个
更加奇妙的过程——你在变成
我的思想，变成我的另一个自我

2014 年 3 月 20 日

17

我的朋友不多，敌人或许很少
他们多数在我身边，我喜欢
和朋友登山，然后去黄昏里喝酒
对我的敌人，我尽可能保持
警惕，就像我对很多种生活
保持观察的距离，我知道我只能
选择其中一种。人要看见自己
选择一种就已足够。我容忍
我的一切恶习——独居、写作
沉入到更深的心底。我想做到的

就是认清楚自己，从我的最深处
网捞属于我的全部，网捞出你

2014 年 3 月 21 日

18

一对情侣走在我前面，他们的手
紧紧牵在一起，好像任何事
也不能将他们分开。他们如此
幸福，但不一定知道自己幸福
真正觉察到幸福的，是一双
因爱过而灰暗的眼睛。它看着他们
走过有花圃和雕塑的大街，看着
他们投在地上的影子，像在扫开
阳光堆成的树叶，又像是地上
忽然出现一道拱门——当它渐渐
变形成一幢深灰色的宫殿，我终于
大胆走了进去，怀着激烈的心跳

2014 年 3 月 22 日

19

从来没告诉你，我掩埋在
内心的灰烬。我很少去惊扰它们
有时我嗅到一股气息，从那里
飘来，仿佛它们活着，还企图
继续活下去。或许我该承认
是我在保存它们，或许每个人心里

都有一座细小的坟墓，不需要祭奠
不需要守护。一根根肋骨的栏杆
偶尔会迎接我的看望。今天
我又去了一次，出乎意料，它们
全部保持隐匿的表情，像在告诉我
无须挽回的，你也无须再去辨认

2014 年 3 月 22 日夜

20

认识你太迟，但幸好还没有
老去。我发现生活，还可以
展开一个更远的去处。我发现
我喜欢的都没有改变——让冒险
对应旅途，沉思对应怒吼
我发现我不知何时开始的起程
不需要一次重来，也不需要任何
修改。我愿意失去的成为失去
遗憾的成为遗憾，我愿意
到来的成为到来，现在的
成为现在——我亲眼看见我的现在
你的波涛，在柔软地覆盖我的余生

2014 年 3 月 23 日

21

当你奇怪地让远方沉默
你在想什么？你在做什么？
我心里不由涌上一股焦虑

是的，生活总是给予我们焦虑
好像墙角站了很久的一个影子
小声又顽固地和日子争执
于是我发现，我远没有触及
你全部的生活，也远没有实现
对理解的完整超越。或许
我最终能超越的，仅仅是我的
此时此刻——这完全属于我的
时刻，在你沉默里竟如此漫长

2014 年 3 月 24 日

22

又一趟旅行在等我，我已经
想不起，我有过多少次旅行
只是，我至今还没有和你
一起旅行，至今还没有和你
走到陌生的远处——那些沿途的
山峦和松林，那些永远不停的
激流和细雨，那些突如其来的
贪婪和饥渴，会像抠紧树枝的
鸟爪，抠紧我们跳动的内心
我很快就要出发。和往日一样
今天的旅行没人陪我，但今天
和往日不同，今天我更加想你

2014 年 3 月 25 日

23

那株矮树上的花让我停下脚步
我仔细看它，一共九层花瓣
包裹起往中心深下去的粉红颜色
我几乎路过它，或一生错过它
它没有叫我，我也说不出它的
名字。它只是开放，平衡起
天空的蓝和我内心的思绪
我仰头凝视它很久，像凝视一个
从自身打开的希望。我也希望
能这样打开自身，我想会有人
看见我的打开，会有人凝视我
像我此刻凝视它，曾经凝视你——

2014 年 3 月 25 日夜

24

你信任我——对吗？这让我
充满感激。因为生活中很难
再有信任，好像有个独立的
幽灵在人和人的思想中行走
它从来不说话，但令人总是
感到悚惧，尽管从来没有人
看清它的脸。我一直在试图
杀死它的进入，就像我杀死
我的很多行为。譬如我习惯
从自我中汲取一切——当我

终于意外地汲取到感激，我
就像汲取到从未汲取过的爱

2014 年 3 月 26 日

25

越陌生的越令人感到惊奇
就像我从没想过和你相遇
但你惊奇地在我面前出现
更惊奇的，是我暗暗希望
你会幸福，它降临到我身上就像
一只鸟降落在树枝上。我见过
那样的场景——落在树枝上的鸟
啁啾着，扭动脖子像在突然面对
一个陌生的世界。我感到
这世界真的非常陌生，所以它
总是让我惊奇，让我忍不住
想走近它，也忍不住想走近你

2014 年 3 月 27 日

26

不是所有事物我都亲眼看见
所以我总发现我的无知。但我
愿意我的无知，像湖水样不断
扩大，当一块石头，激起它的
涟漪——在返回之前，涟漪
会去到我从未见过的事物身旁

于是我知道，我的无知比我
懂得更多。我懂得的，只是身边
这棵高树，它枝繁叶茂，笔直地
进入天空。它让我不能奢求
更美好的奇迹。于是我坐下来写作
直到从无知中，写出你的所有

2014 年 3 月 27 日夜

27

你的台灯整夜亮着。你害怕吗？
我忽然一阵心酸，我能够体会
一夜夜来临的孤独。或许孤独
正是我们共同的经历——孤独了
就会等待；等待了，就会期盼
生活教给我们的，或许就是
一连串的内心涌动。它们交织起
一生避不开的迷途和起伏，所以
我们独自的，就是我们共有的
我们共有的，又正是我们不同的
正如我们失去的，会变成到来的
当它到来，你会觉得是个奇迹吗？

2014 年 3 月 28 日

28

你总惊诧你的想法被我
一次次猜中。其实一点也不
奇怪，我总是喜欢猜测一个个

明天怎样到来，猜测这世界
会有一些什么样的变化——
明天总是在来，世界总是在变
我总是在猜测中体验我的猜测
在猜测中我变得不再像从前
那样着急。因为我终于发现
这世界从来就不着急，它更喜欢
时光悠缓，但时光还是飞快
我每天慢下来，倾听你的遥远

2014 年 3 月 29 日

29

盗窃一次永恒，是我
从未说出过的梦想。为了获取它
我不停地走近它。从一个个白天
走入一个个黑夜，又穿过一个个
黑夜，来到一个个黎明。我交付出
我全部的精力，交付出我永远
和疲倦决斗的内心。我感到不会有
令我吃惊的事物来临——但令我
吃惊的还是来临——天没亮的清晨
雪堆像月光样耀眼，我呵出的气
围绕你的脖子，路上静悄悄的，风
打扫远方，我停下来听你的脚步

2014 年 3 月 29 日

30

忽然有种感伤过来，它非常狡猾
避开我的防线，像一个灵巧的贼
它偷盗你的感觉——太容易了
某样东西，在你身上突然遭窃
我想阻止，但没来得及，你忽然
变空——是空吗？我体会过空
空就是没有，就是无，无非常可怕
没有贼的世界多好！但到处都有
我的努力碰到你的空，多么意外
好像努力被突然否定。你没有
把自己装满吗？递给我，一枚图钉
也行，我摁入心脏，不告诉你疼

2014 年 3 月 29 日夜

31

你独自去了远方。远方
从来不是一个地址，不是
一条街，不是一幢楼，甚至
远方也不是一条江和一座山
远方可以叫作陌生，可以叫作
心跳，也可以叫作一双鞋
一条毛巾和牙刷。你去了远方
我就索性把你叫作远方了
远方是一个非常动听的名字
也是一个等于无穷的名字。没有

比一个叫远方的人更加丰富
我看着窗外，等远方过来的讯息

2014 年 3 月 30 日

32

我不停地创造你，就像
上帝创造这个世界。我不停地
将自我一次次打开，我一次次
看见我的内心，看见从内心
裂缝漏出的光。它首先照耀的
是黑暗和混浊，然后渐渐清晰
我终于看见你的脸，你的胳膊
看见你逐步成形的全部过程
——你的眼睛移动，最后落在
我的目光深处。你踩着我的目光
进来，然后坐下。现在，我可以
更深地创造你，在你坐着的座位上

2014 年 3 月 30 日夜

33

你睡着了，我忽然想叫醒你
隔着无数座山，无数条水
隔着一棵一棵树，一群一群鸟
此刻，我窗外的鸟睡在自己巢里
和非常淡的草叶气味挤在一起
天很晚了，我不再有你的讯息
继续陪伴我的，是继续加深的

黑夜，黑夜的碎石路没人再走
很多蛙声从幽暗的池塘方向传来
我奇怪白天从来没见过它们
我合上书，世界一步走入我的心里
我忽然想叫醒你，到万里之外

2014 年 3 月 31 日

34

冷不防听到你在身后喊我
我吃惊地转过身去。我身后
是一条长街，街上没有你
甚至根本没有人。跟在我
身后的，是一股深沉的寂静
我还是继续察看，好像
你就藏在寂静深处，随时
能够出来。我吃惊我对听觉的
信任，以致我很久都没有
重新转身。这时我听见我的心
拼命在跳，它像要告诉我，寂静
是假的，它的跳动声才是真的

2014 年 3 月 31 日

35

有时我想再孤独一点，就像
一个想给出安慰的人，碰触到
自己的贫乏。我非常想知道

我一生的贫乏，扎根在什么样的
土壤。相对于夜晚，我不够
暗淡，相对于智慧，我不够
谦卑。我时常想起，一个独自
坐在旷野的人，他长时间陷入自我
直到塑造出克服——为了还击侮蔑
又塑造出理智——为了抗拒疯狂
我在孤独里沉思这个形象，我渴望
最终，孤独塑造出我给你的完整

2014 年 4 月 1 日

36

你猜到我有厌恶自己的时刻吗？
当那一刻来临，我会厌恶我的梦想
会厌恶我无端的感伤。我厌恶它
是我怀疑它，但又无法否定它
我觉察到它们，有随时击打我的
力量，我的才华也不能将其阻挡
或许，它们本就是我才华的构成
意识到这点，我不禁暗自心惊
当我走到镜子前观看，我还是怀疑
里面出现的人是不是我。他凝视我
像凝视一个突然的局外人，目光
在我之外，在你之外，在一切之外

2014 年 4 月 1 日

37

想为你写更多的诗，也就是
想为你打开更多的我。那些一个
接一个的完成，令我自己也感到
不可思议。我忍不住回头去看
那一个一个的我，是否真是
相同的我？他们的一致之处
是全都属于渴盼和表达，他们的
相异之处，是成为彼此间的客人
在每一个日子相互往来。他们
握手、交谈，却谁也不说你的名字
每当这时，我就像置身局外，目光
愉快地越过他们，看你在远处微笑

2014 年 4 月 1 日夜

38

一种愿望忽然攥紧我——当我
抬头看见山腰间的白色房子
一道流泉从它旁边经过，变成
它脚下的瀑布。那幢房子
始终高踞其上。它和我相距
很远，但它坚固的屋顶和窗口
始终吸引我的眼睛。我无法
知道通往它的路途，无法知道
它的完美是怎样造就。但是我
已经到达我最强烈的渴望——

有朝一日，我们可以背弃他们的
生活，走入自己，点亮世界的灯

2014 年 4 月 2 日

39

别人不知道你为什么忽然会笑
他们诧异地看你，再看看
自己的周围——日子并没有
变化，铲到街道两旁的积雪
自然而然地化尽，公园的长椅上
情侣在接吻。但他们还是不知道
你为什么忽然会笑，即使他们进入
你的笑，也不知道，你究竟看见了
什么，更不知道，你究竟想起了
什么。他们只看见你笑，没有声音
没有虚假，所以一定有不寻常的事
发生了，但它只悄悄在你心里出现

2014 年 4 月 2 日

40

那天，你在人群中送我
我不记得人群里有什么声音
好像人群是死去的荒漠
你站在荒漠边缘，一动不动地
看我。我找不到一个譬喻
形容你站在荒漠里的样子
我走到入口回头，你没有料到

我会忽然跑过来吻你。这很像
将要离开岸边的水，又忽然
反弹一次回来。你果然像一道岸
寂静得没有声音——太寂静了
乃至现在，我仍被你的寂静包围

2014 年 4 月 2 日夜

41

越来越强的渴盼，是你在我面前
能变得更清晰一点。我的想象力
已逐渐小于我的自身。我还能够
继续想象的，是远方的城市漂移
当冰块在它胸口破裂；我还能够
继续想象的，是草原迟疑地铺到
山上开花，迎接一只东倒西歪的
蝴蝶，好像它喝了整整一瓶红酒
又像刚刚读过我的诗歌。但我的
诗歌，也在小于我的自身，我的
自身已全部变成渴盼——它独自
坐进渴盼的夜里，不肯再去想象

2014 年 4 月 3 日

42

一列火车将要起程，那么多人
从候车室里起身，行李拥挤
人群的脸像镜头样闪过，伴随争吵

和几声凶狠的咒骂——你会笑我
做这样的猜测吗？我在书桌前
缓慢地推动这首诗歌，缓慢地
回想我们在一起的日子。灯光
在代替你的陪伴——它从暂时
进入持久，正如你，从迟疑
进入坚决。要不要公开我们的爱？
当你从卧铺上醒来，伸手拉开窗帘
车轮滚碾出的黎明，一定令你激动

2014 年 4 月 3 日夜

43

诗歌很美好，但诗人不一定
遇上喜欢的，我就接近；遇上
不喜欢的，我就远离。很多年来
我秘密的渴望，就是拔走那些
钉在我身体里的疼痛。我很少
回想它们的来历。人会遇上丑恶
也会遇上圣洁。此刻我在窗旁
凝视户外的一切，楼下那棵樟树
已把树冠举起到我窗前，我忽然
想起，你说你父亲在远方的庭院
种下了一棵樱桃树。我没有看见它
但和你一样，我看见了一定会喜欢

2014 年 4 月 4 日

44

想让你看见我看见的田野——
远山在远处起伏，深绿色的草
长到我膝盖那么高。当我走过去
并不茂盛的油菜花，在草丛里
开出细密的淡黄。我非常久地
凝视它们。田埂上，泥土潮湿
我的脚微微陷入。但我陷入
更深的是想你。在我身后不远
是一座刚刚砍掉乱枝的坟，我的
外祖父信任这个居所。或许每个人
都有一个不后悔的选择，就像我
住进你心里，田野住进我眼中

2014 年 4 月 5 日清明节夜

45

你走在我前面，这让我
想要跟随。从窄窄的小路开始
到逐渐变宽的旅途。为了
走近你，为了看清你，我好像
在经历一场不可思议的跋涉
我总发现你走得忽快忽慢
走得快时，是更大的未知吸引你
走得慢时，我不敢相信
你是为了等我。但生命里总有
一部分属于等候。我等候得

已足够漫长，仿佛我的等候
就为了此刻跟随你，不让你消失

2014 年 4 月 6 日

46

写作没给我带来荣誉
我通过写作寻找的，仅仅是
写作带给我的意义——在我的
梦想与现实之间，在我的
焦虑与饥渴之间，交叉出一条
秘密的小径。它模糊、幽暗
但强烈地吸引我，好像它最终
就是蜿蜒到你身边。我渐渐
对它入迷，就像这些诗歌，起初
只发出树叶的声响，但我隐隐
听见波涛，一浪接一浪地扑来
像是在击碎阻拦我的每块礁石

2014 年 4 月 7 日

47

我没有去打击这个世界
我只抓住它身上的一颗纽扣
有意或是无意，我已经忘了
甚至发生在何时何地，我也无法
清晰地回想。或许那只是
我被迫的一种行为。没有人希望
自己被遗忘，没有人以为自己

只配在实验中生存。在一条
只有寂静走过的路上我走了多年
那些能够忍受和难以忍受的
我都在忍受。所以，这唯一剩下的
自我，是我唯一能给你的贿赂

2014 年 4 月 8 日

48

每一种历史都很难有真相
包括我自己。整整一个上午
我阅读我的历史，我仔细
侦察里面的谎言。它们经过我的
隐藏和精心设计。我追问自己
为什么我一定要写下那些谎言
难道就因为这世界看起来像是
美的和真的？当世界打开自己
全部的残酷，终究也会开出
一年一度的花。我喜爱那些
从语言里开出的花，我驱赶它们
越过我的全部，开在你眼前

2014 年 4 月 9 日

49

渐渐地，我看见你脸上
出现一种闪烁，它绝非
某种光芒或调色盘上的色彩

当它出现，没有人知道
它从什么地方过来，就像
河床不知道河流从什么地方
过来，但河水还是从河床上
漫过，又去到更远的远方
我注视你的脸，其实是注视
你脸上的闪烁。它从你内心出发
穿过你的皮肤，仿佛最神奇的
盼望，要去往最神奇的地方

2014 年 4 月 12 日

50

我的手指不断敲打键盘
一行行诗句，出乎我意料地
涌现。好像它们等待了很久
终于获得机会出来。你觉得
惊异，我也觉得惊异。不知道
它们往日躲在哪里，当它们
连续不断的冲动，渐变成
无法遏制的疯狂，我不由紧张地
注视它们，像注视一座火山——
因为熄灭，我误认为它已经死去
现在，突然活过来的运动使我
确信地壳，能催生看不见的一切

2014 年 4 月 12 日夜

51

一座葡萄架将要搭起，好像
一个人的创作将要完工
那些铁条在手中弯曲，一根根
焊接，火花突然闪动，发出
激动人心的声响——短暂
连续，在变化中接近主题
你监督它成形，使我不敢
亵慢我的工作。在完成中它将
独立起自身的存在，像一种
来自沉稳的坚持在建构
我们企盼的生活——当它开始
就不会结束，也不可能结束

2014 年 4 月 13 日

52

你说，院子里的树冒出了绿芽
我不由想象那个芽苞。在树的
血液推动下，穿过坚硬的
树身、树皮，穿过微微隆起的
树瘤，最后在树枝的凸起点上
找到自己的突破之处。没有人
测量过它的力量。一切看起来
都自然而然，我还是在想象里
惊讶它的一往无前。出门时
我看见路旁的树上也冒出新芽

我忍不住仔细观看，好像它就是
你说的那棵树，正炸响它的萌芽

2014 年 4 月 13 日

53

我在阳台上读一本传记
一个人的一生，居然压缩在
几百页的文字里。我忽然
觉得难以置信。一个作者
凭什么来书写另一个人的
一生？他怎么知道另一个人的
全部想法？他怎么知道
另一个人的爱？或许那个人
根本就不爱，或许那个人
只是爱上自己的旅途，但旅途
是变化的。你现在正在旅途
我有一种确信，但我不说出来

2014 年 4 月 14 日夜

54

当然有这样的时候——一个人
忽然看不见自己，好像他
走着走着就感觉迷了路
于是他停下来，仔细观看左右
一切似乎都能看见，仅仅
除了最关键的东西。那或许是
一个路标，或许是另一个

一直等待他的事物。这需要他
投入他的全神贯注，他必须
分辨出他需要的和应该放弃的
很难吗？但必须做到，正如我必须
从一次次放弃中，最后分辨出你

2014 年 4 月 15 日

55

尊重艺术的时代早已死去
活下来的艺术家，也很难
成为隐士，甚至他们
成不了简单的谜语，因为很少
有人对艺术的谜底再感兴趣
所以在这时代，艺术家尽管
渴望更新思索，但有时候自己
也会不由自主地庸俗。但是幸好
他们每天还有早晨，可以目睹
地球裸露；幸好还有夜晚，可以
被月亮抚摸。我幸好有你，可以
体会被折磨的痛苦和吻的甜蜜

2014 年 4 月 15 日夜

56

在海上有一座岛，在岛上
有一座永远喷烟的火山
我知道，你没有见过这样的

岛。此刻我说出它，也绝非
我就目睹过岛上的全部情景
我真正想告诉你的，是我内心
也不断耸起一座岛，岛上的火山
不断喷发我的欲望，没有任何人
听见滚烫的岩浆在我体内
昼夜轰响。旁人只看见海水围绕我
它看起来风平浪静，但走近它
你会品尝到它的激烈和真实

2014 年 4 月 16 日

57

阳光在你年轻的照片上移动
你也忘记那是在什么时候什么
地方。我不出声地看了很久
你微笑着面对前面，好像前面
站着一个美好的将来。我不敢问
那时候你在爱吗？我真的希望
你在爱。最单纯的、最痛苦的
最残酷的——那些所有人在过去
和将来要经历的，我无法在
那些照片上想象。从那时到此刻
岁月在涂改你。但现在你又笑起来
仿佛前面的美好终于来临

2014 年 4 月 16 日

58

走近你，不知道要用多长的时间
我每天都在走，有时怀抱幸福
有时怀抱痛苦。但是这痛苦
非常奇妙——退一步，它不是伤感
进一步，它不是绝望。所以
我渐渐被我的路途吸引，好像
一个黑夜的人被黎明吸引。不知不觉
每一个日子都变成我的渴望
当一天结束，我就减去和你一天的
距离。当我终于听见你的脚步
我不敢相信，你也在走，沿着
迎面的路途，沿着路途的每一个日子

2014 年 4 月 16 日夜

59

我总在追寻一种透彻的表达
它像一个球形玻璃，穿过它
你能看见一个被折射的世界
它有点变形，在变形中有点
出人意料。但不是每个人
都发现世界的变形。多数人的追寻
都不过是对它自身的复述
我总渴望进行新的表达，也进行
新的尝试，因为世界的确能产生
很陌生的角度——透过表达的玻璃

我看见你进入我的世界，一种
陌生的激情，涌动得竟不着痕迹

2014 年 4 月 18 日夜

60

两只黑天鹅在湖水上
伸起弯曲的脖子。导游在旁边
介绍它们的来历。我不敢相信
它们就是天鹅。湖水抚摸的岸上
还有更多的天鹅，白色的羽毛
收紧在肋下。它们的翅膀
全部被剪去。但看不出有悲伤
混合进它们飞翔的欲望。或许
没什么值得在高处打量，生活
到低处才会真实，就像一切孕育
都在最低的种子里，所以我总是
低声地对你说——“我想你。”

2014 年 4 月 21 日

61

你千万别以为才华会得到钦佩
更多的人视若无睹，暗地里
磨快他准备刺出的刀。所以
隐藏是你必须的武装——最好
武装到牙齿，那样谁也不会来
咬你。有人的世界的确糟糕
因为值得咏颂的恰恰不是人

人太习惯到处打击，太习惯以为
自己就是主宰。究竟有多少人
目睹过花开和云散？或许你愿意
等待一次花开，再摘下来送给
一个人，就如送给整个世界

2014 年 4 月 21 日夜

62

眷恋充满我的每一个日子
好像一片空荡荡的牧场
被没有地址的风吹拂。牧场上
一颗颗石头，从尖锐变成了
浑圆，但它们在地上生长起
看不见的根须——石头的根须
就是黑色的泥土，向四面八方
粗粝地生长——当一颗石头隆起
就是一座高山；当另一颗凹陷
就是一片峡谷。我每天都站在
空荡荡的远处，回忆更远的牧场
它在你身边，永不灰心地辽阔

2014 年 4 月 21 日夜

63

我无数次设想你的到来
尽管有一个个推迟的日子
有一扇扇关好的门，将我

阻隔在没有围墙的工作室里
在这里，我埋头我的写作
埋头这些孤寂而隐秘的诗行
它们已代替我和你见面
所以，它们完成的比我要多
它们将我当成起点，最后
独立成自己——万物都这样完成
一条明晃晃的大路从中穿越
我要继续的，就是完成它的漫长

2014 年 4 月 22 日

64

我耳边总充斥各种声音
它们有时候纷涌，有时候消失
我知道消失，也仅仅属于片刻
或许生活，就等于全部声音的
总和。我在生活里的反抗
不为人知，因为我还是会寻找
我喜欢的声音，譬如波涛
拍打堤岸，开始的喧嚣令人震惊
当水花淌下之时，我惊异自己
居然听到石头的声音——它像是
在寂静里泅渡。我倾心的恰恰是
寂静——寂静让我听见你的呼吸

2014 年 4 月 22 日夜

65

雨下了很久，我在窗前也站了
很久，进入我眼睛的建筑和街道
全部湿漉漉的，但非常奇怪
它们渐渐像活动起来的野兽
从我眼睛里轻巧走过，于是我
看见的全部变成空白，既没有人
也没有物。从高处下下来的雨
也没有被我真的听到，好像一切
变得古怪和遥远，但谁会愿意
这样理解呢？我知道他们在看我
仿佛在看一尊石像——如果说石像
也能够想你，又有谁愿意相信呢？

2014 年 4 月 23 日

66

我想知道大地的声音，所以我
一直苦苦寻找，我让脚步的圆周
每天扩大。或许，大地的声音
从不随意让人听到。我在朦胧里
听见我的上帝说“你要去爱”
我承认，我爱过两次，也死过
两次，现在我活过来，是为了
再一次去爱。我始终坚信我将
得到甜蜜，因为生命本身就是甜蜜
大地本身就是芬芳。当我爱上它们

我还有什么没有爱？就像我终于
听见你的脚步，我就已听见了一切

2014 年 4 月 23 日夜

67

无数个日夜，我听到一种声音
拳头样撑破我的喉咙。我迎接它
像臣民迎接一个帝王。我被它
激励，被它鼓舞，但我知道
它首先是一粒种子，播种在
岩石布满的内心。当它顽强地
生长，抽出它的苞芽，我不禁
又惊又喜地注视。我不敢相信
我能拥有它；更不敢相信
它竟属于我。现在，从它粗壮的
枝干上，我摘下这些诗歌的果实
它们在你手中，散发成熟的甜味

2014 年 4 月 9 日

68

我看见你回头，在机场的
玻璃门后面。一件红色外套
忽然停顿了数秒。你没有
看见我。我站在吻过你的地方
机场的建筑非常高大，好像
为了铺开一个告别的空间
其实告别不需要空间，我需要的

是看你一眼，然后再看你一眼
除了我，周围再没有告别的人
所以周围的人，没有听见外面的雨
但雨下得很大，我感觉自己
就站在雨里，直到全身被雨淹没

2014 年 5 月 4 日

69

人是孤单的，能够认识的
不会很多，能爱上的就更少
当我凝望一条大街，凝望白天
和黑夜的交错，总感到我在
凝望一种表面单纯的苍茫
很多人曾说出这世界的真相
但愿意倾听的很少，即使
有人听到，也不能改变他们
对规则的遵循，没有人能测量
规则的深度，它和这世界一样
古老，当你往深处扔一块石头
或许终生也听不到它的回响

2014 年 5 月 16 日

70

日复一日，我写下这些诗行
日复一日，我在度过没有你的
日子。好像只有写作，时光

才不会显得漫长，但比时光
漫长的仍然是等待。日复一日
我已经将自身变成了等待
于是我懂得，等待从来变不成
一块石头，也变不成一尊塑像
等待就是无人听见的心跳
就是将望出很远的视线收回
但我收不回我的视线，因为诗行
与诗行的栏杆，仍在顽固地阻止

2014 年 5 月 20 日夜

71

外省的时光好像有些稀薄
低矮的植物在街道两旁生长
我在其中散步，一切都好像
离我很远，因为街上没有人
阳光照射的孤寂浮上一层温暖
我想到我此刻拥有的和往日
失去的，或许我该无所谓拥有
也无所谓失去，如果我的此刻
就已经是我的全部，我想我已经
能够定义什么是幸福。当我继续
在陌生的阳光里散步，我感觉
自己被世界爱着，也被你爱着

2014 年 5 月 25 日

72

忽然你就变成了遥远。那是我
原本喜欢的感受，但是忽然
我触及的像是另外一种遥远
它非常模糊，令人无法
一眼将它看清。我不由开始思索
我看清的究竟是什么，我没有
看清的又是什么，我真的
能把一切看清吗？每个人的生活
时时都在动荡，仿佛这世界
每天都在加快变化，种种速度
都让我来不及看清自己。我现在
坐下来，思索这忽然来临的变化

2014 年 6 月 7 日

73

每晚我都遭遇一个梦境
当早上醒来，我极力回想
那个消失的梦境里有些什么
但梦境是真的消失了
没有痕迹，没有声音
它很像一个开始，没有过程
没有结局，它更像一个人
在阳台上发呆，旁人看不出
他在想些什么。或许他
什么也没想，他需要的只是

一段用来脱窍的时间，那也正是
他从自我消失的方式

2014 年 6 月 7 日

74

我给你念我写的诗，我的
每一种思想，每一种活动
都在这些字句里浮动。我的声音
缓慢，因为这些句子缓慢
我走过的路，我爱过的人
没有被时间收藏，但被这些
诗句挽留。现在我仍然
在一条路上跋涉，现在我仍然
不肯让我的内心干涸，此刻
窗外的远山宁静，天空的星辰
闪烁。它们如此神秘，令我如此
甘愿把一切都交给你的倾听

2014 年 6 月 8 日

75

属于我们的时光已经黯淡
仿佛沉入河流中的石块
它获得一处土壤，无声地
扎下根来。但时光的河流
还是在上面流淌，我们
身边的尘世，还是在纷扰中
继续迷茫——有的人死于非命

有的人无事生非，唯独没有人
知道我们的时光，那些隐秘的
痛苦和幸福，那些铭刻的纠缠
与聚散，都在它们的沉淀里
唤起不为人知的生命之重

2014年6月8日

76

继续沉默也就是继续沉入
当我沉入到自己心底
我继续感受的，是我的心
还在不断地跳，尽管没有人
再去倾听。但它还是在跳
只是现在，它跳动得有些
空洞，仿佛我的胸腔在变成
一个洞窟，在洞窟深处
有谁也看不见的一块石头
有人看见过石头跳动吗？
除非它从到达的山顶推下
绝望地迸裂自己曾经的炽热

2014年6月12日

77

有人向我兜售一种完美
我不由怦然心动，因为我
一生中的残缺太多，孤单

日复一日地围绕我——今天
遇见苦闷，明天遭遇沮丧
所以我忍不住询问完美的价格
他说没有价格，可以赠送一次
我吃惊得不敢相信，当我想
仔细地看看他时，他的一切
都如此模糊，我摸不到他
触不着他。直到我醒来，圆形的
地球，仍在凸凹不平地转动

2014 年 6 月 21 日

78

一棵砍掉一半的树还在树林里
站着。我很少看见这样的场景
我吃惊一棵树的内脏，如此
利落地翻开，很新的伤疤
横过它整个身体。我想象一把斧头
狠狠砍在它身上的时刻，木屑
飞溅。它砍断时的痛苦，激起
砍伐者的欲望——或许每个人
都潜埋这种欲望，直到欲望
变成无可救药的疯狂，或许每个人
都有可能疯狂，但很少有人疯狂地
砍伐自己——为了砍出深处的灵魂

2014 年 6 月 21 日

79

我从另一条路走近你，没有人
知道那是一条什么样的路
路上的野花很多，我没有采集
路上的石头很多，我没有关顾
我埋头走我脚下的路。我注视
一个目标，像注视一种渴盼
一路上，群山隆隆升起，但不为
别人所知；激流在远处喧腾
也渐渐消失于大地。后来我发现
我选择这一条路，其实是选择
走向自我的方式。它最终的酬劳
就是将你的全部，变成我的所有

2014 年 6 月 21 日

80

在西北，在很少有人关顾的平原林场
所有的树叶都安静下来
我在里面已散步了一个小时
羽毛黑亮的鸟在树与树之间飞过
看不出它们会停在哪棵树上
我惊异于我会来到如此远的地方
没有悲伤打击我，也没有幸福
围绕我。或许我只是慢下来
不去想悲伤，也不去想幸福
——不去想幸福的人，是不是才是

真正幸福的人？我在落叶上继续散步
脚下的沙沙声，在继续唤起我的沉思

2014 年 6 月 21 日

81

关于我的说法，你会听到很多
只是我从来不去辩驳。很多年里
我始终希望，有一种爱能恒久
但我也始终怀疑，究竟有没有人
得到过恒久，究竟有没有人
让自己的一切从自我出发
因为很少有人，真正理解他人的
自我，也很少有人，能够发现
生活不肯将谜底暴露给每个人的
缘由。不管此刻，我的经历在要求
怎样的扛负，我所致力的，仅仅是
服从生活的训导，又不去被它蒙骗

2014 年 6 月 22 日

82

获得完整，是一种奇妙的
感受。我总觉得我曾经得到过
但那是什么时候？或许重要的
是你现在让我重新想起这感受
于是，一种苦苦追索的触动
在我心里不断涌起，仿佛就在
过去与将来之间，我的人生

已不知不觉地裂开一道缝隙
我惊异我的现在会变得如此
猛烈，仿佛我唯一抓不住的
正是我的现在，而我企图
抓紧它，让它成为完整的中心

2014 年 6 月 25 日

83

空虚是一只很有力的拳头
它忽然就打在胸口，我感到
微微的疼痛，像一种细菌
突然在那里扩散，没有人
可以阻拦。它逼迫我面对
能听到针尖落地声的时日
甚至我的阅读，也忽然变得
痛苦，我抬头看了看窗外
黑夜的汁水涂黑每一颗星星
仿佛我在面对一场严酷的审查
是时候交出我自己了，当空虚
继续承载远方，继续承载你

2014 年 6 月 29 日夜

84

你体会过这种感觉吗？在人群里
感到自己更加孤独。好像所有人
都只是一些影子，它们在你身边

忽远忽近地摇晃。你认识他们吗
或许，你知道的只是他们的名字
没有人愿意说出自己真实的想法
我也害怕暴露我的想法，也害怕
让别人知道我一生有怎样的躁动
尽管我知道，从来就没有人完美
我总看见我的缺陷：我从不掩藏
今天多数人已脱离的愤怒，所以
我不认识他们，他们也不认识我

2014 年 6 月 29 日夜

85

总是不知不觉，我就和自己
进行一次告别。那个往日的我
太容易感动，也太容易感伤
他总在和我的告别中变成
跟在我身后的影子。或许
他不愿意和我告别，不愿意
从我的未来离去。一个人的未来
会不会需要他的过去？尽管
我爱恋的事物从未改变，但我
还是发现，我的爱恋不再像
往日那样单纯，就像一天的时光
我已从白日，过渡到黑夜的信仰

2014 年 7 月 3 日

86

世界难以穷尽。我走过的
地方越多，就越渴望走往
更多的地方。尽管我走过的
每个地方很难看见不同
但不同总是在深处涌现
最难置信的，是我发现自己
也在日子的深处变得
不同——往日的我走向消失
今天的我，也将被未来覆盖
或许走到未来，我将不再
回头去看我的现在，所以我
抓紧我的现在，像抓紧你的手

2014 年 7 月 16 日夜

87

今天我感到哲学的无力
它不能安慰我，也不能
劝勉我。它说的一切
都忽然变得空荡，或许它
想容纳整个世界，但我恰恰
走在世界之外。那是十分
孤寂的地方，我想拍动我的心
但已经拍不到，它像一件
晾在阳台上的衬衣，随便
一阵风就吹起它的袖子

我想一定是什么剜空了我的心
我已变成世界的一个遗忘

2014 年 7 月 22 日

88

我想带你看看我的童年
那里有一幢房子，上面铺满
黑色的瓦，墙壁都是砖头
最上面那块，裂开一个小小的
洞口，两只麻雀在里面布置
它们渴望永久的家。一株
大树在庭院里生长，每年
开满紫白相间的花。那时
我以为一切都不会改变
但尘世的爱注定分别，注定
痛苦。我想带你看看那些残酷
是否还包裹一层甜蜜的糖

2014 年 7 月 23 日

89

总是有很多无谓的东西
不断干扰我们的生活。旁人的话
只是旁人的消遣。他们不在乎
其他人的生活。但出乎意料
总是旁人不再记得的说法
变成我们的裂痕。当他们走开
进入各自的厨房和卧室，他们

不再理会你的悲伤。或许这世上
永远只充满个人的痛苦。现在
我努力使自己平静，努力去忘记
使我们沉默的原因，而我终于懂得
没有哪种沉默，称得上无谓

2014 年 7 月 24 日

90

旷野上有一幢房子
不知什么人在里面居住
灯光从窗口漏出，好像
在诉说他们生活得十分温暖
我在不远处凝望它很久
我不知道是什么阻止我继续旅行
夜幕从屋顶的瓦片垂下
溪流泛白，发出旷野上唯一的声音
只是溪流很快就不能看见，整幢房子
也很快不能看见，但灯光
会继续亮下去，在旷野里就像
尘世的最后一盏灯，照见最后一个人

2014 年 7 月 28 日夜

91

我保留对你的回忆像保留
一首隐秘的歌。我不记得歌词
甚至不记得歌名，它总是

忽然间就在我脑中响起
有时我感觉它明快，有时
又觉得它格外忧伤。它每次
出现时都并不完整，仅仅是一节
突然升高的音阶——仿佛它
全部的意义就在这段旋律里
激烈而迅速，像我们的爱与恨
更像从人生里驰过的狂风暴雨
只有经历它的人，才肯独自去听

2014 年 7 月 31 日凌晨

92

你坐在那里——被灯光的油漆
刷亮的地板上。一排书柜
壁立得仿佛悬崖。写下那些
书籍的作者，多数经历了
写进文字里的爱恋——无法统计
究竟有多少人，死在他们爱恋的
深处。此刻，我沿着你的目光
抬头，想知道吸引你的是哪个名字
但他们全体沉默着，像一片
停泊下来的激情，结束在对我们的
俯瞰里。我不由想要走近，但他们
不同意我起身，因为你还坐着

2014 年 7 月 31 日夜

93

我梦见一个地下室，里面
有无穷的阶梯，有很多叫不出
名字的昆虫（它们围绕一根
高大圆柱）。不知从哪里来的光线
使我的打量非常清晰。我暗自
揣测它们之间的联系，也想知道
我是怎样来到这里，最令我惊讶的
是我知道我陷身在一个梦里——
或许，梦境才是我真实的生活
我以为的生活，又恰恰是一个梦境
所以我不得不思索，我究竟应该
尽快醒来，还是在迷茫中一梦到底

2014年8月3日夜

94

我把一生都交付给文字。像一个
耐心的工匠，不断敲打和镂刻
语言这块石头。我想在其中一面
留下我的过去，在另外一面
刻下我的将来。我早已体会
凿下每个字的艰难，它们既不会
顺时应势，也不会按部就班
因为我的现在时时变化，时间
不断地打击我、拷问我、改变我
我不禁担心，我的一生难以完成

所以我真正渴求的，是完善我的
自我，像完善和你在一起的日子

2014年8月5日夜

95

有多少个日子过去，就有
多少个你我在成为过去
我没有告诉你，我记得最深的
是你在什么时候的什么样子
我记得的时刻，不一定就是
你也记得的，或许我遗忘的
又恰恰是构成你记忆的，那么
让我也独自回忆、感伤或微笑
人生永远是片段在组成
片段里永远有每个人的空白
我现在渴望我有更多的空白——
你不断地涌入，我不断地承接

2014年8月7日

96

你给我的记忆都是铅球，我无法
将它扔远。尽管我一次又一次
尝试——把它托起在手掌，腕部
在肩头弯曲，总是就在那时
我感到手掌中的重量超出异常
从脑中闪过的念头，就是我能够
真的像训练无数次的运动员

伴随一声吼叫，奋力将整个手臂
挥出，然后抬头去看我的孤独
它如此奇异，如此滞缓，如此
寂静地坠落在我眼前。我看着它
就是看着你，忘却周围的一切

2014 年 8 月 16 日凌晨

97

那个坐在山梁上的人吸引了
我的目光——山梁陡峭、凶险
看不出可以攀越上去的路径
他一定在上面坐了很久，膝盖
抵住下颌，面向我看不到的远处
吹动宇宙的风，也吹动他的头发
和衣服，但他的身体仍像石头样
稳固。我不知道他为什么坐在
上面，不知道他究竟在凝望什么
竟望得如此投入和长久，仿佛
想把一生都豁出给凝望，乃至此刻
他如痴如醉地忘记了自己的险境

2014 年 8 月 17 日夜

98

在草原尽处，一个骑马的人
迎面向我跑来。我慢慢地看清他
一件布满灰尘的长袍，一顶

带四个尖角的帽子。那匹黑色马
浑身发亮，鼓动起非常强壮的肌肉
马蹄将地平线拉得越来越旷远
我不由羡慕他，或许还嫉妒他
因为他奔跑得没有任何拘束
当他从我身边经过之时，忽然
勒住了缰绳——这瞬间或许没有
任何意义：那匹马猝然扬起前蹄
在它的嘶吼里，天空摇晃了一下

2014 年 8 月 24 日夜

99

在怀想的候车厅里，我每次
都坐上同一把椅子，五根条木
做成它的椅面，有花纹的扶手
隐含生铁的幽光。这里很少有人
注意到我，我也庆幸自己
没有受到干扰。无数看不清
面孔的人，在我面前交叉走动
能够看出，他们在等的列车
不是我等的那趟。远远的总有汽笛
从看不见的地方传来，我要做的
仅仅是判断，因为我的预感
是我的内在，我的票根是你的名字

2014 年 8 月 28 日

100

终于来到这里——从你的平原出发
我经过河流、丛林，经过意外的
很多波涛。它们都像是要阻止我
我惊异我最后摆脱的迷惑，也惊异
我最终度过去的考验和孤独。现在
我终于来到这里——崇山峻岭中的
最高一座山峰，仿佛我写作生涯里
到达的又一个高度。我站在这里
阳光有些刺眼，但天空还是更高地
升向更高。天地在蓝色中同时打开
我呼吸的空气纯净而美好。最后一句话
我留给这部诗集的最后一行——谢谢你

2014 年 4 月 9 日夜

辑四
在树下

下午的雪（长诗）

01

一年一度，总有一场雪
落在肮脏的路边。今年不是夜晚
而是下午，我，在办公室看着窗外

一年一度，总有一个时刻
我突然变得不爱说话，突然变得
想要更深地隐藏自己，在一个

仿佛破碎的幻影里，世界隐藏起
它的光芒。我不知道在它的掩盖里
会失去一些什么，会诞生一些什么

02

我看着窗外，看着一种相同的颜色
抚摸着来到我的心里，我确定
没什么是从天而降，没什么

需要在癫狂里找到一个解释
但看着它，像看着某个东西的苏醒

而更多的东西会在它的苏醒里死去

于是我猜测，死去的会是一些什么东西
活下来的会不会坚持，会不会
在一个显得广阔的空间里不想到去死

03

我想到一个故事，那里没有更多的人
在越来越慢的风里，没有更多人的
喧哗与骚动。它在一个羞愧的虚构里

忽然变得真实，好像它一直
就那么真实，即使它没有一个
灼热的背景，没有雪一样的光芒闪耀

可它一直就在闪耀，几乎找不到
一个确凿的源头，它就是一个世界
在我的心里发生，变成我要诉说的故事

04

我想听到的是什么声音？这是我
一直想要知道的事情。我现在
什么也听不到，除了雪——可雪

有一种什么样的声音？它或许
是一个隐喻，在加深我心里的
一个触动。而我说不出是因为什么

产生这个触动。它伸在我的胸口
像一只看不见的手，它慢慢地伸进来
像要在时间里，刻下一个名字

05

我仍然在经历着自己，年复一年
我仍然在注视一个地方，像注视一个
天真的表情，不需要感到我的羞耻

而我现在感觉到一种羞耻，为了一个
突然的停顿。我不应该停下来
应该像雪，选择一种粗野的方式

让天空，倒映出它的骨骼，交错着
躺成这个地球的形状——它碰巧
会是这个样子，而我，也碰巧会将它看见

06

我一直在观察这个世界——
我爱过它，现在已不那么爱它
我也恨过，但现在一点也想不到去恨

我一直观察这个世界，一直观察我自己
现在我不再观察自己，我忽然愿意
只观察这个世界，即使它现在

只是一小块天空，它在不停地破碎
我忽然感到一种相信，它的破碎

在告诉我宁静，就铺在了这个时刻

07

我忽然感到不安，在长时间的
沉默之后。桌子和椅子
都变得冰凉，我的身体没有了温度

仿佛时间在变得暗淡，仿佛这个世界
再没有任何一个别人。我几乎不能动
而我看见的天空在慢慢漂移

它好像不再需要我，在它
单纯的结构里，我要的是一个变化
我不知道它的沉默，是不是一个应允

08

我发现我在减弱我的激情，当这场雪
像是无穷无尽，我看着它
是怎样把一切都变成一个幻境

我所回应的只能是我自己——
尽管我不说一句话，就像在一个陡峭的绝壁，
我只是看着那些穿过峭壁的风

它们吹拂着一个沉思，用随意的手指
在我肢体上掠刻。现在它降落了
在我的窗台上，吹拂着它们自己

09

当然还有更高的地方，而我不知道
那会是一个什么样的地方。我忽然
肯定，雪，就是从那个地方下来

我开始仰望，试着看清
那个根本看不清的地方
一个人是否能到达那里？

而我确信我要那样去做
一直走到那里——在那个无辜的地方
告诉我就是我自己，也只是我自己

10

当雪终于停止，一个下午
已经过去。雪，究竟在告诉我什么
或者什么也没有告诉

我依然耐心地坐在窗内
仿佛每一个地方，都可以藏住
我的疼痛和羞愧。现在，房间里弥漫着

虚幻和朦胧的书籍，我的眼睛
将适应一种黑暗，不久星星就会升起
它们一颗接一颗，叫我去凝视——

2006 年 2 月 12 日夜

秋日十章（长诗）

01

必然如此，秋天显得空旷，它需要
一首诗歌把它填满。没有谁
能够和秋天形成对称，现在，我该写下
关于秋天的诗了——在尘世，我已度过
一个又一个秋天，我的出生伴随着落叶，
于是每年秋天，我都要被落叶埋掉一次，
仿佛落叶成为我终生寻找的一个形象。
街道渐渐变空，云朵移到更高的地方，
不让我看见，那么我看见的会是什么？
石头在山上滚落，那些声音传出很远。

02

现在石头真的在滚落，在渐渐裂开的时辰里，
没有人再把灯点到石头深处，石头从山顶开始，
滚过支撑它们的山岩，群鸟惊飞，在空气中
形成巨大的漩涡，一切都被漩涡卷进去了吗？
仿佛疾病在秋天横扫，蚊子吸着血出现，
我不由感到惊恐，仿佛秋天增加的幻觉，
在忽然间变成一场暴雨。雨在秋天总是没完没了，

我的灵魂更加黯淡，身边的一切却忽然变得透明，
就像树上蹲着的鸟，它们代替落叶在枝丫上站立，
眼睛不看任何人，我走近一步，它们就匆忙飞走。

03

那些树变得光秃了，正好可以在树下面坐坐。
阳光垂直地照下来，我的影子开始变薄变淡，
如果只观察影子，你会觉得它一点也不疲倦。
我一到秋天就会疲倦，疲倦了我就不想说话，
我就喜欢在树下坐坐，石头砌成的山路很长，
也很弯曲，我是什么时候到的这里已经忘记，
或许秋天让我愿意学习的就是遗忘，忘记了，
就可以使自己也变得明净起来，我是在希望
秋天能使我明净，使我像一个空空如也的人。
我看看这棵树，它的叶子不知何时就已落光。

04

我从体内掏出大把大把记忆，它们有的
已经死去，有的还想继续活下去，而继续
活下去的，往往又已不是记忆，而是慢慢
和我融在一起的思想，它迫使我
向自己的内部观看，但除了黑暗，我什么
也不能在那里看见，于是我感觉，在秋天
我只是它的一个阴影，或者是它的一粒小石头，
它会把我扔到哪去呢？好像哪里都不能扔，
它一点也不畏惧，或者是我的本身充满了畏惧，
恍如这个人世，使我面对时总是侧起我的身子。

05

我渐渐迷恋起玻璃的反光，其实在很久以前，
我就迷恋起能把我反射出去的事物。很久以前
——是在我的童年吗？我一点也不记得我的童年，
我记得的只是一口深井，让我反复地朝里凝视，
我发现我就在那里，在那个始终动荡的表面，
它收藏了一小块天空，我的脸出现在天空前面。
一种喜悦把我攥住，但是后来，我在镜子里
看见脸上的缺陷，父亲漫不经心地讥讽我的
丑陋，我开始躲避那些直接看见脸部的镜子，
一个女同学用小镜子照着我时，我退向了黑暗。

06

我在黑暗里想到的是挖掘。可我手上没有工具，
我用什么去挖掘更深的黑暗呢？我知道秋天会有
更深的黑暗，否则它不会用那么多落叶去掩埋，
但总有一条路没办法掩盖，总有一条路
会沿着秋天继续伸到远处，我知道我到不了
那么远的地方，我就想停在这里，拼命地挖，
从脚下这块地开始，拼命地往下挖，首先
挖出一个洞，再挖出一个深深的坑，像一个
渴望种下什么的人，但实际上，我更像企图从地底
盗走什么的人，而我最终盗走的只是一把把落叶。

07

茫然总是在这时候出现，就像你

忽然就出现在我身边，我感到惊讶，
你是从什么地方来的？那么多人你谁也没有选择。
在落叶林里你不说话地走着，我在你身边
涌上一个拐走你的想法，但这想法
让我忽然感到颤栗——所有的林子都太空旷，
所有的流水都发出激越的声音。我感到你的手，
和我一样地冰冷，仿佛是不知何时升起的月光，
而月光在秋天总是铺得很远，总是在枝头上
来回摇动，在我耳膜上发出细碎的落叶样的声音。

08

有什么结论不要下得过早，尽管秋天已经加深，
我不再愿意总在房间踱步，出去走走吧，
外面的街道已经变空，邻居已经搬走，到了
另一个我不认识的地方。我是否真的认识这里？
每一个秋天都不相同，每一个这里，都会变成
时间里的困惑。屋顶在从黑至灰地改变颜色，
栏杆变得粗糙，曲曲折折的走廊，一天比一天
暴露出它的昏暗，好像整体已经变成碎片。
我随便拾起一块，上面的纹路已经辨不清楚，
一切都在散开，只有我和我的生命在取得联系。

09

从街道走出去，路过的是一个酒馆，接着路过的
是卖苹果的三轮车贩，秋天的苹果始终会那样鲜艳，
但小贩的脸上却没有展露笑意。在拐角路过之后，
就是铺满柏油的公路，公交车的站牌使很多人止步。
在他们面前，出现的只是其他车辆的速度，站着的人

不会用眼睛测量，对面的建筑可能比身后的要矮
上很多。
斑马线开始模糊，患有色盲症的人横穿过去，到达
对面的人行道，几条交错的巷子对着大街冷笑，
它们身后是开始浑浊的河流，河水分别撞击两岸，
好像河流有两条手臂，它们分开了，但不是想拥
抱什么。

10

我在秋天想到达的就是河流。我不会在意
它的浑浊和枯黄，在河流上面，有一些落叶顺流
而下，
一年年相似，又一年年不同，挖泥船停在岸边，
它伸起的手臂高高扬起，在空中划出圆形，
鸟群也在划出圆形，但不规则，如同这个世界
所有的规则都在下潜，一直潜到深深的水底。
我在沙滩上行走，捡起一些贝壳和石头，
奋力扔到江中，那些汹涌的急流迅速将它们吞没。
正如我在沙上，建起一座座秋天的城堡，
但它们总在忽然间倒塌，还原为一颗颗细碎的砂砾。

2008年11月6日凌晨

穿过书斋（长诗）

1

架子上的书籍都已睡去，其中
有醒来的一本，只是作者已经死去。很多年来
没有人告诉我作者死于何时，甚至
没有人说某些书籍也已死去，只有灰尘
活下来，变成没有死亡覆盖的时间

我小心翼翼地穿行，在这些死者之间
在他们留下的语调之间。我的确听到那些语调
有的已经熟悉，有的还很陌生，他们
都说过一些什么，或许还有继续想说的东西

——那将是全部？不，没有人
能够说出全部。全部包括更多和更大的秘密
在走动的光线中，只有碎片在变成
一格格栅栏，坚硬、高大。没有人
全部跨越了过去，只有灰尘
在上面静止，代替了时间，也偶尔代替了上帝

2

任何时候都可以打开他们，任何时候
他们都整齐地站在那里，有的抱紧双臂，有的
低头沉思。或许，他们真有
没说出的话，需要长时间静止，但他们的
静止，有奇特的重量，像太阳落下去时
天空从身体里，喷出所有的血液

那么，我碰到的将是血液？有些腥味
确实在某些篇幅里出现，但那是不是
最重要的篇幅？譬如斧头，在一个
俄国青年的手中举起，但他
没有砍下曙光，只有尖叫
震动着窗户——几乎不需要想象，也不需要
面壁虚构。有时我怀疑
那是不是我？我是不是他？因为我
理解他的残酷，也几乎到达他的无情

一个模糊的点——这就是中心
周围是一个又一个
不断扩大的圆，它不可能被阻止
从一个又一个白天，漫延到
一个又一个午夜，直到那模糊的点
变成我的心，不停地跳

3

始于何时，我迷恋上午夜？其实我迷恋的

是逐渐变化的自己——那个最终的自己，或许就是
因变化而来。在一个又一个
打开的世界里，我变成
一个复数，同时也变成
一次削减，或许，每个人的
密度，都将在削减里完成——这正是我
要冒的风险。我知道它的
每一次迈步，是怎样向我走来

在黑暗里，我并不需要
点亮灯光，因为他们
都不入睡，我也很难入睡，有时我会想象
一支蜡烛，它的火，在拢来的
手心旁燃烧。但那不是
我的手心，那只是一个愿望
非常孤独地摸索

但所有的摸索没有答案
即使有人
找到了答案，也不一定得到认同

4

自然而然，我将接受一些，也将
舍弃一些。我接受的是我
认为的真实。它有可靠的一面，也有
灼痛我的一面。我奇怪地更加喜欢
那些盲人的书写，好像他们
对世界辨析得更为精确

我的眼睛，在其中停留很久，然后从书页最后
回复到扉页里
作者也没见过的肖像，好像那肖像
成为一幢建筑，它周围的一切都倒塌下来
仅仅是他的声音，有独一无二的
喧响，他脸上的神情，从来都不高傲

我感到我在贴近他，因为我
和他的确在面对着面，我喜欢
高傲的对立面，我愿意我能
最终站到那里，它将超出我到达的喜悦

5

很多年时光流逝。我忍不住开始计算，活到我的死时
我还剩下多少个年头？我继续倾听、分辨、理解
直到我，能够起身离开这个房间，让他们
休息在帝王的位置，我听见我的心跳
已经沉稳、平静和舒缓

我知道我仍将在黑暗里走，但没什么
值得我去畏惧，我想不起这感觉何时到来
就像我想不起我何时就喜欢仰望天空
因为天空永远不会改变，所以天空，也不值得
我去畏惧，但它
值得我去仰望，然后沉思，深深地陷入

我此刻陷入的就是沉思，就是那些
揭示出的话语，灯光逐渐升温，发出嗞嗞的声响
像某个人，终于吐出语言，像魔术

把午夜变成白昼，白天的星星
一颗颗升起，我走近它，它有
怜悯的神态，也有
天真的表情，让我始终不能舍弃

6

但我听到有人在说，“你必须舍弃”。我抬头寻找
那个说话的人，他让我
惊讶和震动，这使我判断，他不在
这个房间，也不在
这个午夜，我不由思忖，他是什么样子？他为什么
对我说话？我相信他的说话，掩藏一定的意义

我知道我将追寻，我知道血液里的
每次起伏，都是灵魂里
最猛烈的澎湃，像浪花，在岩石上碰碎自己，然后
将自己更彻底地得到——而那是
终将超越命运的东西，我现在忽然能够体会

于是我来到这里——这块秋天的草地
周围树木生长，鸟群在上面
用树枝垒巢，不停地鸣叫，我觉得，它们已实现
成真的梦，一切不再如同过去，我能感到天空
像一个戽斗，不停地旋转，变成一个拱形
我是不是真的认识它？它越来越高，不允许我再
去看我

7

我真的不再看我，我的眼睛

朝向了外面。每当我想起
我当初对自己的凝视，我会忽然间涌起
没人能触及的羞愧。我知道我应该
向很多人告别，但不是
写下一封信件，也不可能
留下一个电话，我只是从房间里，走到外面，像此刻

我不再是一个少年，但我愿意
用少年的目光，打量我看见的一切，因为一切
都像是新的，尽管它们
被无数人提过、赞美过、诅咒过，现在
我想回应它们，用更多的凝视去抚摸它们

或许我留不下什么，但这远非
我要关心的主题。时间与空间，白天与黑夜，万物与群山
在随便一张
地图上都能找到它们，但我不要地图，地图上没有
我敬拜的陌生和局部，而正是那些
陌生和局部，将永远活下去，像真正的永恒

2011 年 11 月 23 日

在树下（长诗）

那天我来到一棵树下
我忽然间觉得
在一棵树下坐着
很可能就是我的命运
我后来惊讶地发现
我其实宁愿在一棵树下坐着

我甚至不想去计算
我在树下究竟坐了多久
因为计算时间也就是浪费时间
我不想把时间浪费
就像我永远不觉得
我在树下坐着就是把时间浪费

我珍惜那些在树下的时间
我坐着，背靠着树干
它粗糙的皮肤紧贴着我
我的皮肤也跟着泛起一丝颤栗
好像我靠着的地方有电
那是说不清的感觉
我也从来不想将感觉说清楚
就像树，我在它下面坐得越久

我就越不能告诉你什么才是树
它在字典里是一个词
在人的眼睛里是一株植物
但它从来不是一个词
也从来不是一株简单的植物
我坐在它的下面，从来不去妄想
我有朝一日会攀到它的顶端

在树下坐着以前
我热爱过其他的很多事物
譬如河流、星辰
譬如将翅膀张得非常宽的鸟
但我最后选择了树下
不知道那天我是不是累了
不知道那天我是不是想放弃什么
我在那棵树下坐下之后
忽然就不想和它分手
一种奇妙的感觉在我内心涌起
我拼命寻找的其实是这棵树
它一直等待的也很可能是我

于是我靠着那棵树坐下
一条粗壮的树根从地下凸起
像一个宽宽的脚掌
我坐在它的掌心，整个身子后仰
我伸直我的双腿，我的脚后跟
搁在树下的石头上面
每棵树下都有太多的石头！
它们凌乱得毫无规则
但看得久了，会从这些凌乱中

发现奇异而古怪的秩序——
在无数的碎石中间，会突然冒出
一块体积庞大的巨石
好像上帝一定要将它摆在这里
那么是上帝安排了这些秩序？
所以这秩序内在、超然
根本不顾及任何人的想法
没有人搬动它，好像也没人
敢去搬动它。它本身就是内在
就是超然，人不可能搬动内在和超然

我坐在树的下面，我忽然感觉
这些石头其实都在簇拥这棵树
难道上帝的秩序也簇拥它？
难道上帝也簇拥它？
我抬头向上看去，不计其数的树叶
组成伞一样打开的树冠
树冠荫蔽着我，但从树叶间
天空将它的蓝色倾倒
那是唯一抚慰我的颜色
那是唯一激动我的颜色
但只有我坐在树下时
这蓝色才给予我不同往日的抚慰和激动
树叶间的天空像是格外高耸
所以它蓝得不可思议
也蓝得格外深远和高邈
除了上帝，没有人可以端坐其中
就像除了风，没有什么可以拂动树冠
(或许风就是上帝的呼吸)
当树冠的声音响起，就产生一串

连续的音阶，仿佛赞美和苦痛
能够同时在那里演奏……

好吧，我承认我赞美过
我承认我苦痛过
但我从没有在赞美时苦痛
也没有在苦痛时去赞美
每个人都有他的极点
每个人的极点都会有两个
我总是从一个极点来到另一个极点
但多么奇怪，我在树下坐着
我忽然不知道我处在哪一个极点
或许我同时来到两个极点
它们令人难以觉察地旋转
我坐在旋转的中间
反而感到不可思议的安静
或许，树的本身就是安静的本身
我仔细地打量它
那些难以形容的裂缝
布满它的全身，好像它受过伤
好像它有种不能倾吐的愤怒
我试着抚摸那些裂缝
那里面干燥，没有任何水分
好像裂缝旁的树皮
随时就会脱落——如果我的抚摸
变得随心所欲，也变得肆无忌惮
那裂缝太像微型的河床
当河床干枯，会暴露出它的本来面目
一棵树的本来面具难道在裂缝里？
难道一棵树有自己无数的河床？

它们脱离任何人的设计
甚至连树也不能去设计它们
它们只是生长，蚯蚓样爬行
一直往上，直到被无数的叶子掩盖
但叶子掩盖了，它们也还在爬行

我没有起身，我只是忍不住
抚摸那些够得着的裂缝
我也不用起身，那些够不着的部分
和够得着的不会有任何区别
我不由想到我的往日，想到我的此刻
我发现不论往日还是此刻
都构不成一个同样的我
我也说不清我究竟属于哪一个我
但我此刻坐在树下，我突然可以肯定
我既不是赞美的我，也不是苦痛的我
好像赞美变得遥远，苦痛也变得可笑
我坐在这里，却发现那个最真实的我……

于是我继续坐下去，于是我继续
感受难以计算的念头向我蜂拥
它们都有尖利的爪子
它们的爪子都抓在我的皮肤之上
那些抓伤我皮肤的痕迹
只有我自己能够看到
但我奇怪地感觉不到疼痛
难道我真的再也不会感觉疼痛？
那些受过的苦，经历的痛
难道真的将我从此抛下？
但没有人可以说出疼痛的答案

或许疼痛从来就不是答案
它只不过将人的沉思不断催生
我仔细地辨认那些念头
即使死去的，也在催生下变得异常鲜活
它们沿着我的内心攀爬
就像树的裂缝，沿着树身攀爬

从未有过的念头在我心中泛起——
我想知道我究竟是什么样子
但绝不是镜子里看见过的那样
镜子里的我是最陌生的我
我忽然明白我为什么厌恶镜子
人不可能在那里看见真实的自己
我以前想了解别人的真实
到现在我知道那绝不可能
于是我忽然想知道自己的真实
我不由暗暗感到吃惊——
人究竟要经历一些什么
才会去想什么是自己的真实？
人究竟要活到什么时候
才能分辨出真与假的界限？
人对界限会有什么样的感觉？
人对界限到底有什么样的认识？
很多年里，我似乎没有体验过界限
人看不见界限，是不是就是看不见自己？
当我不知道人有界限之时
我也就不可能知道我究竟是什么模样
我的样子不会来自语言的描述
也不会来自姓名的涵盖
它们都不是真实的我，也不是真正的我

真正的我只可能是我倾听到的样子
哪怕我最终听到的只是一次心跳
但听到心跳的我才是沉思的我
我沉思的时刻才是我真实的时刻
就像我坐在树下，我哪里也没去
但我来到了自己的沉思之中
于是我突然明白，我选择坐在一棵树下
是因为这棵树，恰恰成为我的界限

我再一次打量这棵树
它粗壮得让我无法将它合抱！
每一块树皮，都看上去苍老
但它的苍老，好像并不来自岁月
从它的皮肤来看
好像它一开始就已苍老
好像它一开始就避开了岁月
尽管它生长，不停地抽出自己的枝叶
一年年变黄的枝叶，一年年掉落
在掉落的地方，又一年年长出新叶
我凝视那些叶子就像凝视我的内心
我心里现在长出了什么？
不管此刻，我被多少的念头围绕
但我想不起任何一个细节
坐在树下之前，我有太多的迷茫时刻
有时我感到疲惫，但不知是什么原因疲惫
有时我感到忧伤，也不知是什么原因忧伤
只是在树下坐得越久
我就越不感到疲惫和忧伤
所以我想不起细节
我想起的只是一个整体

只是这整体有奇怪的模糊
好像整体也不需要我再去回想
于是我什么也不再去想
我打量这棵树，我的眼睛
在打量中已渐渐地不再迷茫……

于是我从这棵树开始
打量我能够看见的四周
我奇怪地发现
这棵树越是根深叶茂
围绕它的四周就越是广阔
在我坐着的地方
在无数石头的缝隙之间
是难以看清的草叶
但我越看得远，就越是看不见石头
只看见一片草叶。草叶的绿
越到远方，就绿得越加浓密
好像远方只有绿色，不再看见石头
我突然间觉得
或许远方，只是一种颜色
我想起我到过的远方
不管多么遥远
但只要到达，就不能再叫远方
一个人愿意眺望的地方才叫远方
一个人走不到的地方才叫远方
甚至一个人永远去不了
也不想去的地方才叫远方
现在我哪里都不想去
现在我只愿意眺望，现在我只愿意
凝视远方告诉我的颜色

那是没有边际的绿，无穷无尽的绿
好像远方是一片海
只是它并不掀起波浪
它只是平缓地向四面八方延伸

我忽然想，现在有没有人
在远方凝视这棵树？现在有没有人
凝视树下坐着的我？
从很远的地方看过来
这棵树只是小小的枝叶
树下的我，恐怕没人可以看见
那么多好！我根本不需要
任何人将我看见——看见我的人
不一定认识我，认识我的人
不一定理解我，因此我渴望
他看到的只是这棵树
在地平线上微微隆起
像一块绿色的糖，在沉稳的根基上
摆动，在摆动的松弛中
散发出甜蜜的气味
那么它真的甜蜜？
不管它有什么样的气味
我猜想你会长久地凝视它
你看不见我，也不需要看见我
我坐在树下，我也渐渐地看不见自己

我看不见自己，是因为我发现自己
真的已不再重要。我所有的经历
都压缩成不用倾诉的此时此刻
我现在抛开我的记忆

我现在抛开我的往日
我现在只是坐在这里
世界在我周围
继续铺展它的圆形
这棵树在我身旁
继续它听不见骨节的生长
它和世界，展开不可思议的对称
所以现在，没有什么值得我去惊讶
没有什么值得我去感伤
更没有什么值得我去追逐
我知道我就在这里
这里很难到达，这里很难向每个人敞开
我想我是不是该起身了
但还是让我再坐一坐
树叶的声音，简直有些嘹亮
我血脉里的鼓点，仍在持续地与它应和……

2013 年 7 月 18 日凌晨起笔
2013 年 8 月 4 日完稿

后 记

也许在所有的文体中，诗歌是最不好整理的。诗歌的数量可以庞大，但一旦进入整理，就会发现太多的滥竽充数和太多的难以割舍。在一边取舍的同时，我也一边在想：数十年来的诗歌写作，我究竟是因为什么？简单地说我热爱诗歌怕是有点矫情。事实上我始终相信，对任何一个诗人来说，能够决心将诗歌写上一生的话，那他一定有难以言说的内在驱使。驱使一个人献身诗歌的动力来自方方面面。对我来说，我渴望的是认识：认识自己，认识世界，更重要的是认识语言。语言施予我的魅力，不可能在诗歌之外的任何地方可以感受。因此，当我渴望将我的认识表达出来之时，诗歌就成为我进入表达的途径和方法。

整理这本诗集，我不时就想起美国诗人弗罗斯特在到达英国之后，花上一个晚上编选出他的第一本诗集《孩子的意愿》的画面。那个通过文字呈现的场景总是令我感动。因此我一直觉得，一个诗人要整理自己的作品，或许就得像他一样，在火炉边慢慢阅读自己的作品，好的作品留下来，不满意的作品就直接扔进火炉。我在整理这本诗集时，没有像他一样地将不满意之作扔进火炉，而是直接在电脑上删除了。很意外，我发现我留下的几乎都是进入新世纪之后的诗歌，之前的只那么寥寥几首。这出乎意料地让我觉得，我也许会在以后的时日里越写越好。对一个写作者来说，最大的雄心也许就莫过于越写越好了。而越写越好的前提也莫过于对自我、对世界和对语言的认识有自己越来越深的体味。

从根本上说，写作之路是一条对自己充满期待的路。没有期待，不会有人坚持下来。

最后想说的是感谢。马永波、聂作平、起伦、哑石、梦天岚、学群、郑小驴及“6+0”诗群、“抛物线”诗群等诸多文友始终关注着我的写作。有朋友们的关注，写作或许不再是一种孤独的行为。蔡建勋先生提供的封面摄影和小虫女士精心绘制的插图为诗集起到了眼前一亮的增色效果，谨致谢忱。最后要感谢花城出版社以及出版社的王凯先生和张懿女士。没有出版社的支持，没有王凯先生和张懿女士无私的心血付出，这本诗集的问世仍将遥遥无期。

远　人

2014 年 11 月 3 日

慢飘的羽毛

远人

1. 在人类发明的各种创造里，只有艺术才能重建过去。但艺术重建的过去却又不再是单纯的过去。它不需要解释，不需要理论。在真正的艺术面前，解释显得多余，理论显得蹩脚。

/

2. 永恒是时间的另外一个名字。发现不了时间的隐秘，就不知道什么叫作永恒。

/

3. 超现实从来就不是否定现实，而是打开一个纵深的现实。那里展现着我们生命的来源和去处，展现着我们不能言说的感知瞬间。在那个瞬间，我们忽然恍惚，又迅速清醒。而清醒却意味我们和神秘失去交流。

/

4. 如果说文明是生命所建，那么生命就高于文明。

/

5. 生命总是被掩盖。人自以为是地创造了很多东西，这些东西又被人为地纳入某种秩序和轨道。对生活来说，秩序与轨道当然重要，但对要询问生命是什么的哲人来说，脱身秩序和轨道才显得更加重要。

6. 人类曾经理解过生命，但在生活的引诱下，又不知不觉地遗忘了曾经的理解。换句话说，当生命被生活包裹之后，灵魂和周遭世界的冲突就不知不觉地被忽视掉了。

/

7. 我不能评价这时代是好是坏，但这时代的确让我们失去了很多，尤其是失去内心的慢。对我们的生命而言，慢是非常重要的感受。它至少能让我们仔细打量一下内心，打量一下我们每步都不能离开的大地。

/

8. 祖露自我，绝非轻而易举就能做到。生活总在自觉不自觉地为我们提供层层叠叠的包装。包装愈多的人，会自以为是地觉得愈加安全。但安全从来就不是永恒。

/

9. 没什么地方比家更让人感到温暖，也没什么人比母亲更令人感到温柔。一切都是随意的，一切都是明亮的，不管外面的生活有些什么，也不管在世界哪个地方，更不管每个地方的习俗怎样、教育怎样、制度怎样、文化构成怎样，只有母亲和家才让人涌上相同的感受。这感受是暖色的，是可以用深红来表达的。

10. 揭示人生的绝望是艺术的职责，但告诉我们永不要屈服于绝望，同样也是艺术的职责。

/

11. 很多时候，魅力就在于模糊。清晰产生的魅力有个边界，但模糊没有。模糊是种无限扩大的感觉。像石子扔进水里，那些扩大的涟漪，并不仅仅在于它产生的圆圈之美，而是我们不知道那些圆圈能扩散到什么地方。

/

12. 有时候想想，我们身处的世界多么复杂。但把那些复杂拨开，又会出乎意料地发现，那些复杂其实大多是人类的自作聪明。在聪明的指引之下，人类发明了政治、发明了经济、发明了战争、发明了欺骗、发明了罪恶、发明了等级，还发明了一种叫作成熟的心态。但恰恰是这些发明，割掉了人类与生俱来的天真，割掉了人类灵魂里特别珍贵的幻想。

/

13. 发现艺术缺少什么，那必然就是缺少一个核心。哪怕这核心只是一个细节。

14. 生活从来不会平静。平静只属于偶然。艺术家感兴趣的也就是偶然。因为在艺术家看来，没有哪个偶然不对人生产生作用。只是它常常被视而不见地忽略掉了。越是真正的艺术家，才越能认知偶然的力量和强大。有时候想想我们自己的经历，会发现造成今天的起因不过是一连串的偶然聚合而成。

/

15. 说某个人乐观，或者说某个人抑郁，其实不一定就是这个人碰巧遇见了什么值得乐观或抑郁的事，而是无论遇见什么事，他都会选取这样一种面对方式。说人生复杂的人恰恰忘记了，单纯比复杂具有更强的力量。不变应万变的真正含义是，只有不变，才能将万变应付自如 。

/

16. 我们遇见的聪明人很多，但有智慧的人却很少。

/

17. 我们总不可避免地以自己的经验来面对这个世界。艺术家同样如此。只是，我们的经验往往局限在我们的经验之内，而艺术家却能够将他的经验延伸到我们的经验之外。在经验之外，绝非就没有我们不能接受的领域，否则我们如何能接受格里高尔·萨姆沙在卡夫卡笔下变成一只甲虫？人变成甲虫，就是在我们经验之外发生的真实。当我们接受，其实就意味我们开始借用艺术家的眼睛，发现另一种看待世界的角度和方式。

/

18. 世界上有单纯和透明的人，但世界本身从来不会单纯和透明。这就需要人去发现。真正的“看见”从来不会轻而易举。它需要某种对局限的突破。

/

19. 人的一生总是与回忆连在一起，因而人的回忆总是充满种种情感。这其中有喜悦、有悲伤、有苦痛、有欢乐……等等，但唯独对大自然的回忆，出现的情感才始终是单纯的、美好的、令人无法忘记的。

/

20. 热爱的浓度取决于性情的浓度。也可以说，性情本就是生命的构成部分。有差别的只是，有些人能够完全释放，有些人却无法从中率性流露。人以什么样的性情完成作品，作品就呈现出什么样的效果。总有人以为艺术有什么难以企及的秘诀，其实秘诀就是我们的性情能否完整打开。

21. 如果有谁真能说出这个世界的玄机，他并不会让人佩服，而只会让人恼怒，因为他剥夺了我们对这个世界感到的神秘和惊奇，剥夺了我们发现的乐趣。

/

22. 在很多时候，深度一词，并不是很经得起追究。将深度说到最后的人，难免会变得人云亦云，甚至不知所云。能真正发现深度的人，往往不会直接使用。读者从他的整体中能感觉到某种深度的存在，换句话说，深度是一种感觉，充满难以言说的意味。

/

23. 人总是对重大主题有不由自主的关注，就像一个最普通的人也喜欢去谈论国家大事一样，但不论他谈论得多么精妙，并不能就因此让自己变成一个能左右局势之人。普通人的世界都深陷日常——过平平淡淡的日子，走平平淡淡的道路。太平淡的不太被人注意，但恰恰在不被注意的日常里，我们将度过平平淡淡的一生。

/

24. 无论在谁的生活中，谁都希望发现真实、面对真实、获得真实、给予真实。但做到却着实很难。因为真实既可以说是最表面的，也可以说是最深处的。表面的不一定就能沉到深处去，深处的也不一定能浮到表面上来。很简单地说，真实本身就是一个悖论。其实也就像我们的生活，总是在旁人和自我的悖论中冲突。

/

25. 从本质中发现人，从本质中发现物。之所以要去发现，就在于这些本质常常处在被遮蔽的位置。导致遮蔽的东西很多，这其中既有人的自以为是，也有人发明的种种习俗和人所创造的各种知识。人创造这些，目的是为了认识世界。我们的确在认识这个世界，但认识却又恰恰遮蔽了世界的另外一面。

/

26. 对现代人来说，安静真是太过缺少了。生活总是在横冲直撞，我们也就不知不觉，将强烈的需求搁置在外在之物那里。外在的一切又无不被速度控制。速度使安静从中远离，变得几乎没有立足之地。甚至我们也很少去想到安静，很少去想我们是不是还有另外的需要——这需要是内在的。我们也很少去想，没有内在的生活其实构不成完整的生活。

/

27. 不少哲学家都说孤独是人类的本性。但换个角度看，又难说人是孤独的，因为每个人都有自己的梦在陪伴。而艺术的梦想，就是将梦归纳为一个目标，艺术家们走近它、完善它，直到实现它。

28. 也许可以说，人之所以是人，就在于人是有激情的生命体。对任何人来说，激情都毫不陌生。在我们每个人的少年期和青春期，都或多或少地体验过、激动过。但没有勇气，我们就很难将这股原始而充沛的情感延续。特别是人受缚于物质、受缚于享乐的今天，激情的行为朝向了和激情本质无关的目的。“这一个将要扼杀另一个。”雨果在《巴黎圣母院》借助克洛德之口说出的这一神秘之言，未尝就不是在说人的理智将扼杀人的激情。在今天，扼杀变成了现实，激情也变成了今天的幸存之物和稀罕之物。

/

29. 尽管母性也被人讴歌，但讴歌的频率仍少于男女之情。哪怕这世上最伟大的抒情诗人，他诗篇中的抒情对象，永远是恋人多过母亲——是不是母亲伟大得进入了平凡，以致鲜有艺术家全神贯注地关注。

/

30. 寻找意义的人，往往只寻找到自己的命运。

/

31. 种子长成树后，我们当然不能说，那棵树的名字还叫种子。但树是种子变化后的结果。重要的是结果。重要的结果都有重要的种子。

32. 把简单的抓住不放，简单的就会慢慢变得丰富。丰富不是复杂。它们是两个概念。尽管有人喜欢把它们搞混。搞混概念的人，往往就是连简单也抓不住的人。

/

33. 人和人之间总有不同，究其实质，是人和人的想法不同。世界是需要认识的。我们的老祖宗说出过人看世界的三种眼光变化，首先看山是山、看水是水，然后看山不是山、看水不是水，最后看山仍是山、看水仍是水。这句话说起来很容易，但能做到的着实不多。做不到，就意味它是有难度的，非常不一样的难度，但能做到，就意味做到的人，对世界有了特别的想法，有了和一般人不一样的想法。

/

34. 人始终就在和世界这个最冷漠的棋手下棋，不论何时何地，人总不知道世界的下一步棋会怎么走，更不知道自己该如何去应。只是，哪怕在迷路中，人毕竟在应，这也就毕竟说明，世界还没有下出把人将死的最后一步 。

/

35. 从人类诞生那天开始，人就不缺野心，否则我们无法解释世界为什么会变成今天这个样子。我们可以说世界在发展，但发展的根基，却是人类的野心推动——失败的人是野心遭遇失败，成功的人是野心得以实现。

/

36\. 寻找答案是要花时间的。面对迟早要来的晚年，我们现在应该去寻找一下。

/

37\. 作为世界的主宰，人类看起来完全自由，但对作为个体的人来说，却又在人类设置的各种笼子里生活。只是我们平时忽略了笼子，因为我们并没看到一个真实的笼子。

/

38\. 创作者的创作过程其实是汇聚自己种种想法的过程。想法越多，作品才越丰富，但哪怕到作品最后完成，也不一定就能涵括作者全部的想法。想法的碰撞会变成矛盾的碰撞，换句话说，充满想法的人会介入表达，充满矛盾的人也会介入表达。想法越多的人，矛盾也会越多。但恰恰是矛盾，会转化为表达的张力构成。

/

39\. 不论生活多么复杂，都被一个简单的真理支撑——那就是我们都得付出我们的全部才能得到生活。

40. 诚实不仅是生活的内在要求，也是艺术的内在要求。

/

41. 生命总会伴随思想。对生命的探索欲愈强，思想的深度也会愈深。不论是生命还是思想，都一定得在自己的地上扎下根来。那些最伟大的思想家们都不会忘记，根是往地下生长的，因此地下的一切都值得人去敬畏。

/

42. 人向往永恒，但人却从来得不到永恒。但是夜晚永恒，天空与海洋永恒。得不到永恒的人总是会发现，自己的一生其实是在永恒的环绕与陪伴之下。永恒在人之外，成为人熟视无睹的背景。熟视无睹的原因，就在于我们很少能意识永恒在我们身边，很少能意识永恒从来就不遥远。意识不到，也许就在于我们过于将目光锁定在我们的自我之上。人总将自己看作万物之灵长。这个不可一世的自诩，隐含的其实是人对人之外的一切有种或轻或重的蔑视。

43. 和任何事物相比，人对时间的感受总是尤为复杂。从阿基米德到牛顿，从牛顿到爱因斯坦，那些了不起的人类代表都无不渴望给出关于时间的最终答案，但他们都是以物理的方程式来解读，艺术触碰的领域之所以能比科学和哲学更易令人产生内心震动，究其原因，就在于艺术一方面唤起我们身处其中的物质体验，一方面又唤起我们心灵深处的内在超验。

/

44. 人之所以易被远方吸引和激动，就在于远方给人提供了一种此处不再拥有的可能。当我们熟悉身边的一切之后，就会对陌生产生渴望——有什么是比远方更令人觉得陌生的？对人来说，远方的陌生是能够进入的陌生，远方的未知也是可以解答的未知。因为这个远方不是文学中虚构的神话领域，也不是想入非非的白日做梦。这个远方就在人的视线当中。

/

45. 一个真正创作者的一生必然是不断变化的一生。变化可以是推进，也可以是各种不同的风格尝试，不论哪样，都是创作者不断在将自我逐步凝聚的过程。只是如何凝聚，取决于每个创作者内心的释放程度——释放出全部的自我，才有可能凝聚出真实的自我。

46. 很难说这世上有真正横空出世的独立，就像我们所以为的原创，大都离不开环环相扣的承续。正是在这个意义上，我们或许能理解，人类的艺术的确是整体的艺术。

/

47. 我们置身今天的世界，一个再不敏锐的人，也多多少少能感觉人的焦虑与无助，也多多少少能感觉人的孤独与冷漠。而人孤独，是因为这世界孤独；人冷漠，是因为这世界冷漠。

/

48. 重复是创造的手段，但重复的意味不是单纯地去再现自己，更不是单纯地去摹仿自己。重复不仅考验观察，更是考验耐心。

/

49. 对生命的认识愈深，其作品本身才愈见力度。

/

50. 需要上帝的人，未必就不会需要魔鬼。

/

51. 每一种风格的形成都来源于作者的本来气质。

52. 人很熟悉石头，因为人类的童年就叫作石器时代。

/

53. 找不到答案，就说明人停留在问题上。

54. 面对大自然，人总喜欢用“变幻无常”来形容。而登上“变幻无常”顶峰的，也许就非海洋莫属。因为海洋没有哪一秒不在变幻，没有哪一秒不在展示其深沉本性。

/

55. 在今天，人最不应失去的，其实就是对大自然的敬畏。人并不了解大自然的真相。特别是人离大自然越来越远之后，大自然就变成像在人周围潜伏的特工——特工的本性和大自然的本性有点类似。特工会对其对手干出些什么，大自然也就会对人干出些什么。

/

56. 服从最高原则的艺术才能发散出艺术本身的最大魅力。

/

57. 对一个人脸部的怜爱，才是最真实的怜爱；对一个人脸部的珍惜，才是最深挚的珍惜；对一个人脸部的抚摸，才是最柔情的抚摸；对一个人脸部的亲吻，才是最由衷的奉献之吻。

58．从根本上来说，人并不是很坚强，相反，脆弱才是人性的大部分组成。正因为不坚强，人才有那么多内心涌动。有涌动，就有找到释放的突破口需要。不知道是不是这样，人才在生活中发明了美术、发明了音乐，也发明了诗歌。所有这些，无不是人为涌动所寻找的突破口，来帮助自己或他人获得内心需要的感受和平息。

/

59．很大程度上，人的不幸包含人对完美的追求。尽管这个世界从来就没有完美，但人却总渴望完美的出现。一代一代人，总在坚持不懈地希望自己能撞见完美、实现完美。对人来说，这几乎是最感痛苦的欲求。但完美却从来不在人的眼前出现，更不在人的生命和生活中出现。但不出现，绝不意味人就放弃对完美的追寻。因为人在自己的创造中，尽可能让自己走近了完美。

/

60．没有哪个伟大的创作者会没有自己的内心世界。关键在于能否打开这一世界。甚至可以说，一个创作者的内心有多么丰富，他表达出来的东西才有多么丰富。

/

61．大自然的暴风雨人皆熟知，人与人之间的暴风雨却一言难尽。

62. 哲学家总喜欢将话说得冷酷决绝，原因之一，就在于冷酷决绝是人生的真相。只是，愿意面对真相的人不多，或者说，当真相来临，人会自觉不自觉地选择视而不见。

/

63. 这世上任何一个人，即使他并无宗教信仰，在面对美到极致的自然风景之时，也会涌起感动。这一感动从来不可能被科学解释。因为人的血液中从来就涌动感性。感性的终归，都会不知不觉地到达某种信仰。在信仰中心，哪怕端坐的不是上帝，也一定是那个最神秘的创造者 。

/

64. 庄子曾说，“天地有大美而不言”。往深处看，庄子并不是说人在那种时刻不能说话，而是人不愿意说话，因为大自然本身在说话。没有谁真的有资格和大自然进行对话。当大自然将自己的大美呈现出来之时，没有哪个人的语言可以将它清楚和彻底地表达。

/

65. 在每个人内心，其实都需要一个去仰视的东西。有值得我们仰视的东西存在，我们才能更清楚地看见自己。也只有看见自己，我们才能看见人的本质，我们也才能理解，为什么那么多哲人在一再劝诫——人，你一定要谦卑。

66. 没有谁不喜欢海洋，也没有谁不喜欢天空，同样换句话说，也没有谁会对蓝色无动于衷，甚至可以说，热爱蓝色的人，往往比热爱其他颜色的人要更加热爱生命。

/

67. 坚定是人需要的东西，因为坚定是信仰的基础。不能要求每个人都拥有信仰，但每个人都不能缺失坚定。人在成年后往往会变得冷漠、变得颓丧，甚至变得心怀鬼胎，其实就是成年后的人，已经在成年过程中失去了坚定，乃至对世界不再相信，对人不再相信，甚至对自己也不再相信。

/

68. 说上帝深不可测，是因为他高不可攀。

/

69. 诗歌与思想的结合才会是最精华的结合，否则那么多思想家为什么要从伟大的诗篇中寻找值得探寻的线索？从这个角度来说，诗歌当然不仅是娱人悦己的吟唱。越伟大的诗歌，越扎根于难以穷尽的思想深处。

70. 人的思想不可能被人像摸物体一样地真切摸到。一个思想家的思想也只在他的著作中出现，但不能忽略的是，即使一个思想家的全部著作，也未见就能涵括那个思想家的全部思想。在多数情况下，思想的性质只属于沉默。未能动笔的很多思想都在时间的流逝中消失。那些流逝的时刻也许就是那些思想家最沉默的时刻。

/

71. 给世人写的文字，当然是为了让世人在明亮中阅读，但那些属己的隐秘时刻，却只被自己在暗处抚摸。说思想需要独处，当然也就是说思想需要一个暗处。暗处才是彻底属己的思想之处。

/

72. 人之所以梦想，就在于人渴望摆脱那些困扰自己的现实。现实中总有忧郁，但人却往往忘记了，有时候，人的梦想也会变成人的忧郁。

/

73. 人总觉得命运神秘，因而总想探索命运的真相。但对命运来说，其最后的真相永远不会改变，那就是亮出叫死亡的底牌。古希腊的欧里庇得斯说过一句意味深长的话，“或许谁都知道：生就是死，死就是生”。对人来说，这句话颇具挑衅性。因为真正理解这句话的并不是每个人，是欧里庇得斯的挑衅才迫使人面对生与死的终结命题。因此可以说，只有那些哲学家才会把死亡当作自己的终极追求——正因为有这一追求出现，哲学家们说出的反而被置换成生的意义，这个意义或许就如孔子所言，“未知生，焉知死?”孔子说这句话，当然就是要我们先理解生，然后才能敬重生；先敬重生，然后才能理解死和战胜死。

/

74. 不是谁都理解死，因此，也不是谁都理解生。恰好是理解死，人对生才有最强烈的体验和感受。

/

75. 在汉语语境中，文艺复兴被看做人文思想对宗教信仰的否定。这种简单的二元对立忽视了一个最明显的事实，恰恰在文艺复兴时期，没有哪个伟大的艺术家不在自己的作品中表现上帝的荣耀和统治。上帝被人理解的方式往往就体现在十字架的真实与普世之爱的倾涌之上——没有对宗教信仰的更新与重识，人文思想很难在彼时闪耀如此光辉。

/

76. 在任何时代，所有成就自己愿望的人都是通过种种告别来完成——和自己的童年告别，和自己的故乡告别，和自己的亲朋告别……所有这些告别，其实都归结在和自己的父母家庭告别之上。当一个人的血液被雄心和远方激动，几乎就不记得“父母在，不远游”的古训。因为雄心或野心只会属于一个人的青年时期。不懂得告别的人，不可能实现自己的诸般愿望。

/

77. 人不愿意承认自己的肤浅，但承认肤浅，却又才是人真正的智慧。进一步来说，承认肤浅，甚至是人唯一的智慧。

/

78. 很少说话的人有个特点，他们一旦说话，往往就说到点子上。

/

79. 所谓爱情，就是生死相许；所谓家庭，就是相濡以沫。

/

80. 所有最伟大的艺术家，无不渴望深入世界的本原，从而发现值得人去信仰的东西。就像基督徒的上帝，永远在深不可测的高处沉默，但恰恰是上帝的沉默，才使人在自己沉默的祈祷中走近上帝的启示。

/

81. 人向往已经不再的美好，只能说明向往之人立足于此刻的某种破碎当中。

82. 热衷精确的人大都热衷缓慢。这种人对出现在眼前的所有都会全神贯注地打量，打量的结果往往会成为他们认知的秘密。

/

83. 没有细节，就没有这世界的美。

/

84. 从都市发迹的，往往会难免浮躁。浮躁的结果又导致从外界而来的影响渗透。

/

85. 真正的土壤其实就在我们内心。应该如何凝视大地，就应该先如何凝视自己内心。反过来说，不凝视自己内心的人，就不可能深入自己身属的大地。

/

86. 尽管心灵破碎不一定就是要以死来相抗，但心灵破碎的极致却一定是对死亡的无动于衷。

/

87. 人性中有封闭的部分。就像房子，因为墙，所以有封闭。人性的封闭同样有墙，只是不能被人目睹。封闭人性的墙是人对自我的感受，这感受使人选择对外界的抗拒和远离。但抗拒和远离，并不能使外界变得不存在。只要窗子存在，外界的一切就都可收入眼帘。人性的封闭同样如此，只要感受打开，就能感受封闭之外的所有。

/

88．因为人越改变世界的外在，就越增加对世界内在的怀疑和不安全的感受，但恰恰是怀疑和不安全，又证明了人不愿改变对世界的最初热爱。

/

89．说人仇恨野兽，倒不如说人最仇恨的是人，因为人将自己最大的聪明才智都用在如何去杀人的谋划之上。人创造的无数种杀人方式，都远远大过野兽的果腹本能。因而和野兽相比，人其实有最可怕的一面。它既是人性最极端的一面，也是人性中从未回避的一面，更是人性彰显得最透彻的一面。

/

90．没有谁的人生，不在经历他必然经历的悲剧。

91. 对人来说，看世界和看生活都离不开视觉。我们看到的事物是不是就是真的事物却很难说，因为真实不一定能赤裸呈现。要不然也不会有那么多哲学家为我们提供冥思苦想的论点论据。在哲学家那里，这世界需要认识，生活需要认识，生命本身也需要认识。所有这些告诫，无非就是告诉我们，我们看见的不一定就是真的。

/

92. 人陷入黑暗，绝不是说，仅仅只是陷入生理意义上的黑暗。人在黑暗中当然可怕，但真正可怕的黑暗是内在的黑暗。这种黑暗让人找不到方向，找不到可以前行的目标。用柏拉图的著名比喻来说的话，那种黑暗就是人在洞穴中的黑暗。人的眼睛没有盲瞎，但内心却是盲瞎。内心的盲瞎当然比眼睛的盲瞎更为可怕，因为这种盲瞎是让人绝望的盲瞎。

/

93. 不知道遗忘究竟属于医学范畴还是哲学范畴，似乎人面对未来，就必须遗忘过去。越久远的过去，就遗忘得越早。哪怕是美好的和温暖的，都不是放在遗忘面前的选择题。但遗忘从来不能和永远构成词组，因为人毕竟创造出艺术。艺术的功能可以说是审美，但未尝不能说，艺术的功能也包括对遗忘的驱逐。

94．当我们面对今天的生活，最明显的感受就是物质将人围绕。当物质的围绕日益强大，人就难以从生活中去芜存菁，难以面对更内在的自我。物质将堵死人往精神层面的进入。说到底，物质最终剥夺的，就是人的信仰。

/

95．花太常见，以致不被我们重视，甚至在我们身边，无数的花朵只是无声无息地开，然后无声无息地死。我们不重视花，其实是不理解花。如果说花是生命，那就只能说，我们既不重视那些生命，也没去理解那些生命。

/

96．大自然的本质其实是原生态本质。人建造都市，是证明人的创造，但人的创造却恰恰在毁灭大自然的本质。说都市令人迷失，就在于都市令人找不到返璞归真之路。这恰恰又是都市人渴望找到的道路。现代人找不到，是不是在说明现代人找不到最本真的世界？换句话说，那个最本真的世界是不是已经对人关上了它的大门。

/

97．苦涩感不是人人愿意品尝和面对的，因为生活本身就溢满苦涩。很大程度上，艺术的功能总或多或少地包含对苦涩的回避。因此，面对艺术的人，也不乏有想暂时回避现实之苦的意愿。但想回避的人忘记了，艺术之所以是艺术，就在于艺术自身的要求是不回避生活。更重要的，是艺术将生活的感受集中在一个表达深处。所以，能将苦涩表达出来的人，必然是那些对艺术有真正了解的人。

/

98．和无意义对立的，当然就是有意义。因此值得一问的是，意义究竟如何形成？换句话说，我们为什么一定要在某个作品中寻找意义？意义对我们的生活真能产生什么作用吗？这个问题真的难以回答。或许，正是在我们接受的教育中，总会有一些意义从书本上塞入我们大脑，但那些意义又很难对我们的个体人生产生指引，说明白点，那些意义对真实的生活不起作用。因为我们的生活在实际中大多处于一个无意义状态。因此在无意义面前，意义总是被置于一个无法寻找的盲区。或许，盲区的存在，才是我们最真实的生活存在。

/

99．意识到自我，不见得就能在社会中随心所欲地展开自我……这个世界却不再是以往那个世界。以往世界的秩序已被打乱，以往的速度也被提升。世界的外在形态由此改变，同时也改变了人的内在形态。人陡然发觉，世界拥有越来越值得人迷恋的外在形态之后，人与人之间的内在感受却拉宽得难以逾越。因而孤独感就成为现代人最显著的特征。描写孤独，也就成为现代派作品的主要构成。

100. 忠实艺术听起来容易，做起来却有难度。蹲在象牙塔里的创作者着实不少。不是说蹲在象牙塔里的创作就应该全盘否定。艺术的样式繁多，在象牙塔里创作的作品有象牙塔似的精致和完美趋近。只是，越追求精致和完美的作品，就越难让读者呼吸到时代的气息。没有哪个时代是精致和完美的时代。表现时代是艺术的真正野心。尤其在人类社会正向新领域开辟之时，不可能不吸引那些既才华横溢又雄心勃勃的艺术家关注。

/

101. 现代人总愿意立足于现代。没有人会否认，现代是比以往任何一个时代更为冷漠的时代。时代冷漠，是因为人心冷漠。难以想象，一个人心冷漠的时代还会有肖邦的位置。但肖邦的音乐的确存在——这种存在是不是因为肖邦已成一个符号，可以让现代人堂而皇之地附庸风雅？如果仅仅如此，面对肖邦的听众，或许就只是集体拥有虚伪的听众。

/

102. 人对一些感受并不愿意失去。只是失去的永难回返，意识到失去的重要，能多少证明人对一些感受仍在内心保留。能保留至今的感受，也就是人不愿意彻底失去的感受。

103. 没有人知道历史的纤肌细骨。也就可以说，在很多时候，人并不能去和历史较真。历史唯一明确的，只不过是某些事情发生在某些时候，说到底，历史只能完成它的事情，既不会开口为自己辩护，更不会为了迎合某种需要而把自己推倒重来。因而还原历史，尤其是还原历史的细节，就成为必然落空的野心。历史留给后人的，往往只是从事件中生发的意义。

/

104. 人生的性质在于变化莫测。惊异于变化的，会觉得变化复杂；读懂变化就是人生本质的，会觉得变化原本就属正常。

/

105. 人有复杂的一面，但复杂却不是对单纯的排斥。人可以讥笑单纯，但决不能否认单纯。

/

106. 一个看起来不起眼的高度，要真正地征服它，远比想象的艰难。大自然就是这样，只要你有征服的欲望，立刻就给你难度。没有哪种征服可以轻而易举。即使你要征服的不过是一堆沙子。但沙子变成沙山，就会反过来给你颜色 。

107. 久在城市生活，城市不可能不剥夺人对世界本应具有的神奇感和敬畏感。当再美的东西都是出自人工之时，人无论怎样面对，都不会产生来自血液深处的奇异感受。一句话，城市的最大功能，便是将人打造得少见多怪。

/

108. 不可能有人的地方，就只可能有上帝的杰作。没哪件上帝的杰作不是奇迹。奇迹是安静的，安静得让人涌起欲念。因此总是有无数的人想要走遍世界。或许，他们只是想了解人工之外的一切，甚至，他们就是想了解上帝的奥秘。上帝的奥秘一半在书上，一半就在唤起我们欲念的大千之上。

/

109. 伟大当然令人向往，但获得伟大的人却又往往会发现，伟大的底色是“高处不胜寒”的荒凉。艺术家越往伟大趋近一步，就必然会揭示比他人更进一步的真实。

/

110. 此岸与彼岸，听起来和看起来都不过是岸，中间横亘的，却是抵达者奋力泅渡的一生。